爱尔兰经典童话

Irish Fairy Tales

［澳大利亚］约瑟夫·雅各布斯 编

张 群 等译

人民文学出版社
PEOPLE'S LITERATURE PUBLISHING HOUSE

图书在版编目(CIP)数据

爱尔兰经典童话 /(澳)雅各布斯编;张群等译.—北京:人民文学出版社,2014

ISBN 978-7-02-010648-6

Ⅰ.①爱… Ⅱ.①雅… ②张… Ⅲ.①童话—作品集—爱尔兰 Ⅳ.①I562.88

中国版本图书馆 CIP 数据核字(2014)第 251486 号

责任编辑　马爱农
装帧设计　赵　迪
责任印制　王景林

出版发行　人民文学出版社
社　　址　北京市朝内大街 166 号
邮政编码　100705
网　　址　http://www.rw-cn.com

印　　刷　涿州新华印刷有限公司
经　　销　全国新华书店等

字　　数　119 千字
开　　本　787 毫米×1092 毫米　1/16
印　　张　11.5　插页 3
版　　次　2015 年 9 月北京第 1 版
印　　次　2015 年 9 月第 1 次印刷

书　　号　978-7-02-010648-6
定　　价　24.00 元

如有印装质量问题,请与本社图书销售中心调换。电话:01065233595

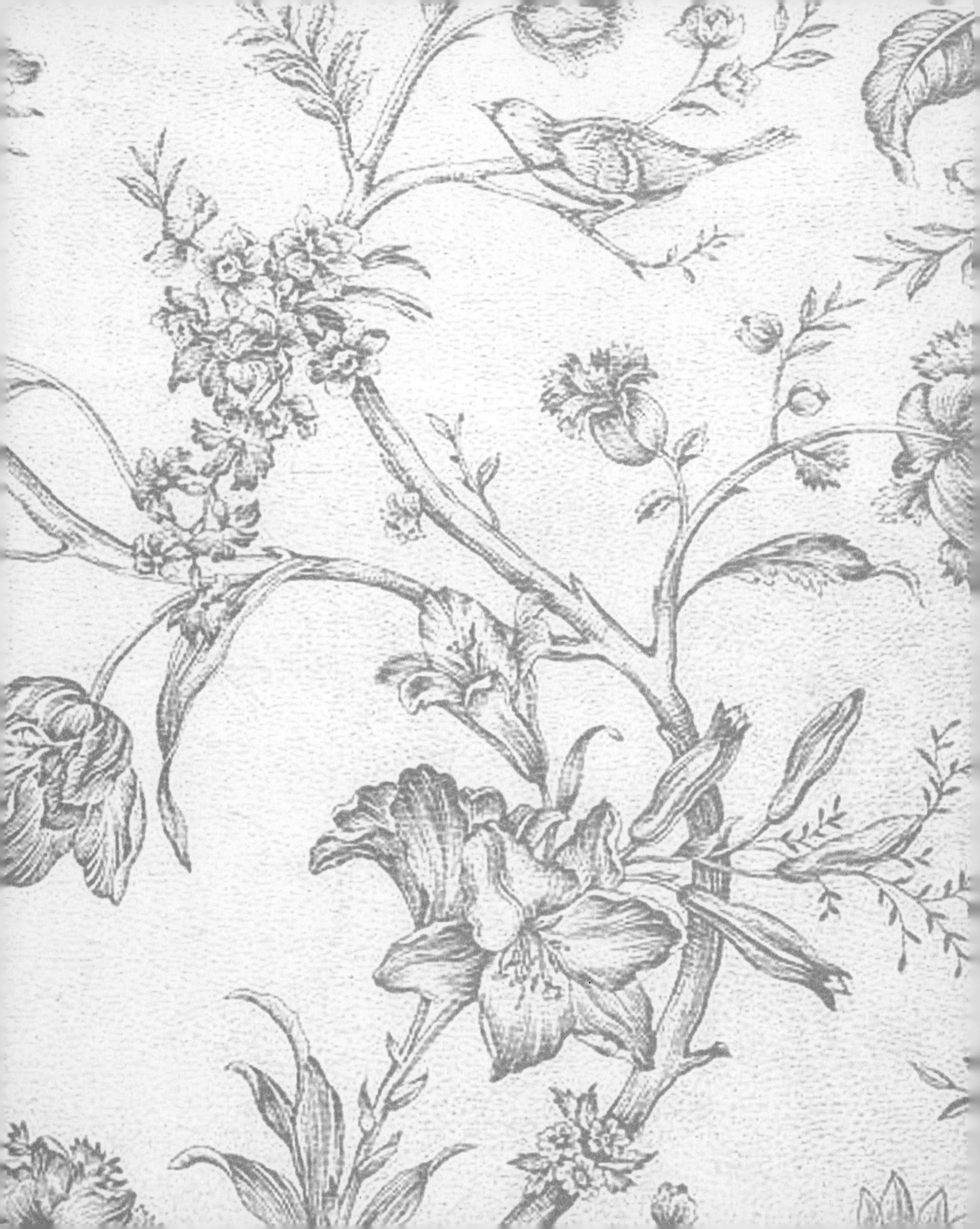

童话王国里的童话
——《爱尔兰经典童话》导读

程 萍

提起爱尔兰,这个素有"翡翠岛国"之称的国度,你会情不自禁地想起温润的气候、灿烂的天空、蔚蓝的大海、淳朴的民风、浪漫的情调、热情的国民,想起大河之声那铿锵有力、欢快激昂的踢踏舞,想起乱花渐欲迷人眼的鲜花、三叶草,想起神秘幽雅、古老奢华的千奇百态的城堡,想起都柏林香味四溢的咖啡;你还会想起U2乐团、西城男孩组合,想起乔伊斯、萧伯纳、王尔德、叶芝、贝克特、谢默斯·希尼这些世界文豪;你更会想起全世界儿童爱不释手的爱尔兰童话,想起爱尔兰童话中那些五彩缤纷的世界。

众所周知,无论是在国土面积,还是在人口数量上,爱尔兰都是一个规模很小的国家。然而,令人惊叹的是,爱尔兰却是一个世人皆知的文学大国,哺育出许许多多世界知名的伟大作家,为丰富世界文学,做出了比其国土面积大得多的巨大贡献,赢得了世人广泛的赞誉和崇高的敬意。在悠久的爱尔兰文学中,丰富、动人的童话文学,无疑是一朵鲜艳的奇葩,长期以来为世人赞不绝口。

爱尔兰童话为何如此繁荣?

大家知道，童话与民间文化密切相关。一个民族的民间神话、传说、习俗、歌谣等等是否丰富，直接影响该民族的童话能否繁荣。而民间神话、传说、习俗、歌谣等的丰富，一定是源于这个民族灿烂而悠久的历史。爱尔兰童话的繁荣正是得益于爱尔兰悠久历史的滋润与培育。

爱尔兰人是凯尔特族的一支，一直具有深厚的文学传统。她是西欧拥有较早、也较丰富的中世纪文学的国家，体现了凯尔特族人丰富的想象力和卓越的文学才华。爱尔兰拥有两种迥然不同的语言文学：盖尔语文学和英语文学。六世纪以前，爱尔兰文使用的是比较原始的峨迦姆字母，后来采用一种以拉丁文为基础的新字母，极大地方便了写作。所以，从六至十二世纪，大量口头流传的故事和诗歌得以用书面的形式保存、流传下来。

十二世纪，诺曼人征服英格兰、苏格兰等之后，随即侵入爱尔兰，爱尔兰文学开始衰落。十七世纪中叶克伦威尔将军率领英军大举镇压爱尔兰人民起义，杀戮无数，大批爱尔兰人逃亡国外，爱尔兰文化再度受到严重摧残。爱尔兰本土的盖尔语只能在民间流传，而受过教育的爱尔兰人则大多开始改用英文写作。这种现象持续了二百多年，结果多数爱尔兰人都以说英语为主，盖尔语只在少数地区流传，成为方言。十九世纪末，随着爱尔兰民族运动的高涨，一八九三年在道格拉斯·海德的倡议下成立了盖尔学会，盖尔语才又重新引起关注而得以推广，爱尔兰本土文学也因此重新振兴。爱尔兰至今还保留着用盖尔语以及其他古凯尔特语创作的文学，只是如今的盖尔语文学，主要表现在诗歌和童话方面。可以说，凯尔特童话代表了爱尔兰文化的精髓，已经成为爱尔兰民族文化的璀璨瑰宝。

《爱尔兰经典童话》虽是用英语创作的童话,但故事中却处处闪烁着凯尔特人丰富的想象力。书中的故事,题材十分广泛,内容异常丰富,既有勇士惊天动地的惊险故事,又有普通百姓平凡而琐碎的日常生活,可谓无所不包。比如,我们既能读到凯尔特最伟大的英雄之一菲与巨人库库林较量的故事(《诺克玛尼山传奇》),又能看到爱尔兰一些家喻户晓的故事经常从中取材的、被继母变成天鹅的故事(《李尔王孩子们的命运》),还能欣赏到具有典型凯尔特人特征的有关小精灵的故事(《汤姆寻宝》《格里希与公主》)等。由此可见,《爱尔兰经典童话》是一部洋溢着鲜明的爱尔兰民族特色的童话集。选集中的每篇故事都充满了睿智,从民间的智慧到圣人的点化,无不闪烁着智慧的光芒。

崇尚真善美,摈弃假恶丑,是文学作品最基本的主题。在童话作品中,这种现象表现得尤为突出。形象的故事、口语化的语言、神话般的意境、意味深长的寓意,让童话不仅成为儿童们爱不释手的读物,也成为许多成年人情有独钟的文学作品。《爱尔兰经典童话》正是这样一部老少皆宜,非常值得一读的作品。

本书共收录十八篇童话。这些童话都是首次在我国翻译问世。无论是内容主题、人物语言、表现手法,还是道德寓意,都具有鲜明的特色,具有很强的可读性和趣味性,阅读时既能让人忍俊不禁,掩卷之后,又令人遐思不已。

《爱尔兰经典童话》虽然收有近二十篇故事,但向善、从善、为善,始终是它们共同向读者传递的重要主题,只要向善、从善、为善,你就可以获得幸福,如果藏恶、喜恶、作恶,你必定遭受报应,得到惩罚。这些故事,篇幅有长有短,有简单,有复杂,但不论多么不同,这一主题始终贯穿在每一则童话中。

《格里希与公主》是一篇典型的爱尔兰童话故事。借助一群擅长魔幻手法的小精灵的帮助，对外部世界向往不已的格里希，不仅走出山寨，领略到了外面世界的精彩，还和可爱的小精灵们一起，解救了不愿被逼嫁的公主，并且以其热心、善良和真诚，最终赢得了公主美好的爱情。

在《汤姆寻宝》中，小精灵再次出现。终日梦想一夜暴富的汤姆，强迫小精灵告诉他如何暴富，不料被小精灵狠狠地耍了一把。无所事事，只想不劳而获，只会沦为笑柄。

《精明的唐纳德·奥尼亚里》讲的是，总是饥肠辘辘的穷人唐纳德·奥尼亚里，住着破茅舍，家里一贫如洗，只有一小块草地，勉强能让母牛黛西填填肚子而不至于饿死。尽管如此，他竟然招致赫登与达登这两个富裕农夫的忌恨，因为无尽的贪欲已让这两个家伙失去怜悯之心。残杀可怜的母牛黛西，不仅没有让他们满足贪欲，反而陷入唐纳德·奥尼亚里精明的算计中，最终"搬起石头砸了自己的脚"，连性命也给丢了。贪欲可以毁灭人性，更能毁掉人的性命。

《迪尔德丽的故事》描写的是一个美丽、纯洁的公主，为了与自己心爱的人永生相伴，而不惜舍出生命。情感真挚、爱意绵绵的唱词，不仅唱出了公主对美好爱情的向往，也让我们看到了公主对纯真爱情执着、不懈的追求。她的歌声，传递着执着，凄苦中难掩美轮美奂的情怀，令人动情。

《奥图尔国王与他的老鹅》讲述的是一个信守诺言的故事。圣凯文化身一位年轻人，要奥图尔国王信守他让"国王病得一蹶不振的老鹅重焕青春之后"，需将"它飞过的土地"赐予自己的承诺。奥图尔国王坚定地遵守了这一诺言，而使自己在有生之年一直得到圣人的帮助，快乐终生。诚信，不仅不会让自己

损失，反而能让自己得到更多。

《杰克与他的伙伴们》里那苦命人杰克，和贫穷的寡母相依为命，常为生活无着落犯愁。为了改变窘境，杰克决心去外面的世界闯荡一番。一路上，他尽己所能，救助了一个又一个生灵。最终，这些在危难中被杰克解救的生灵运用自己的魔法，帮助杰克战胜了抢劫邓拉温勋爵家的强盗们，杰克由此获得邓拉温勋爵及夫人的信任，使他和母亲过上了衣食无忧的生活。最可贵的是，杰克没有忘记帮助过他的生灵们，"只要我还有能力帮助你们，你们谁也不会过穷苦日子。"正是这样的承诺，帮助杰克赢得了更加幸福的生活。助人为乐、信守承诺，是做人的基本准则，也是通向幸福之门的钥匙。

《甘农和盖尔的故事》跌宕起伏，扣人心弦。主人公甘农十分仰慕爱尔兰公主。为了能够娶到美丽的公主，甘农勇敢地接受了国王提出的苛刻条件——让很久没有露出笑脸的公主重新放声大笑。许多人都曾跃跃欲试，可一个个都为此丢了性命。尽管如此，甘农依然接受国王的条件，踏上了设法让公主重新放声大笑的艰难历程。甘农为此经历了重重艰难险阻。他先是差一点被巨人杀死，最终是凭借自己坚强的意志才战胜巨人。接着，他又遭遇战利品被提西恩国王子盗取而险些失去公主的困境。凭借自己的智慧和力量，甘农历尽磨难，终于找到了公主不笑的原因。他帮助国王报了杀子之仇，并使其子死而复生。国王信守诺言，将美丽的爱尔兰公主嫁给了甘农。勇敢地接受挑战，并充分运用自己的智慧，便能实现美好的理想。

《诺克玛尼山传奇》再一次证明：智慧是战胜一切的法宝。智慧可以让人在任何时候都充满必胜的信念。欧娜帮助挚爱自己的丈夫菲挑战坏蛋巨人库库

林。面对高大、凶悍的库库林,她镇静自若,运用智慧,巧妙地智斗敌人,最终让敌人俯首称臣。故事显然在告诉读者:"若是拼蛮力的话,他(库库林)准赢不了。"这可是作者给我们的忠告哦。

《国王的三个女儿》中最美丽的公主特伦布琳,因其美貌而遭两个姐姐嫉妒,只能每天在家里围着厨房转,为姐姐们做饭。但美是遮不住,也是藏不了的。具有神性的养鸡妇人,对默默为姐姐们服务七年的特伦布琳伸出了援助之手,运用自己的魔法,把特伦布琳的美彻底地展现在所有王子和达官贵人面前,使她历经磨难之后,最终获得了美满的爱情和幸福的生活。美丽让特伦布琳受尽磨难,却没有改变她的善良本性,善良让她的美丽越发迷人,并最终帮助她化解磨难,获得人生的幸福。

《"傻子"杰克》,虽被人称作"傻子",但杰克凭借自己的智慧,惩治了冷酷的吝啬鬼,以自己的善良、才智,赢得了亲人和乡邻的赞赏。当他"回到自己的家中,就像夏日的阳光似的,给身处严寒之中的穷苦母亲和两个残疾哥哥带回了浓浓的暖意。大家再也不叫他'傻子'杰克了,而是改叫他'活剥吝啬鬼皮的杰克'"。"傻子"杰克的故事清楚地表明:表面上精明的人实际上最傻,而看上去傻的人往往最睿智。

助人为乐、信守诺言可以帮助人们获得幸福生活,勇敢、宽容同样可以赢得幸福。《穿山羊皮的小伙子》的主人公汤姆家境贫寒,依靠寡母养大成人。然而贫穷并没有使他沉沦,反而养成了一颗勇敢、宽容的心。这些可贵的品质不仅帮助他获得了众多魔法的帮助,成为战无不胜的强者,最终还得到了美丽公主的爱情,使自己和母亲过上了幸福安乐的生活。

《李尔王孩子们的命运》相信一定会牵动所有读者的心。虽是亲姐妹，女人特有的妒忌心，让妹妹阿伊菲视逝去的姐姐奥芙之儿女为仇敌，而施计把姐姐四个可爱的儿女变成了只能说人话的天鹅。可亲的姨妈变成了恶毒的后妈！变成天鹅的四个孩子，在姐姐芬古拉的呵护下，艰难地寻找着容身之地。虽然恶毒的后妈遭惩罚变成了巫婆，但芬古拉和弟弟们的命运却很难改变。芬古拉美妙、迷人的歌曲，让李尔王悲痛不已，也成为李尔王思念孩子们的慰藉。芬古拉姐弟在漂泊中渴望着改变命运，直到圣人来到爱尔兰他们的命运才迎来转机。芬古拉姐弟虽然获得了圣人的解救，还原了人形，却因为磨难衰老而死去，留下一个凄美的故事。芬古拉在漂泊中的唱词，凄婉美丽，让读者忍不住为他们悲惨的命运叹息，为他们遭受摧残的美丽形象惋惜，为他们至死都不分离的行为感慨，为他们纯真的姐弟情谊赞叹！多么凄美的故事呀！它一定会让每个读者回味不已。

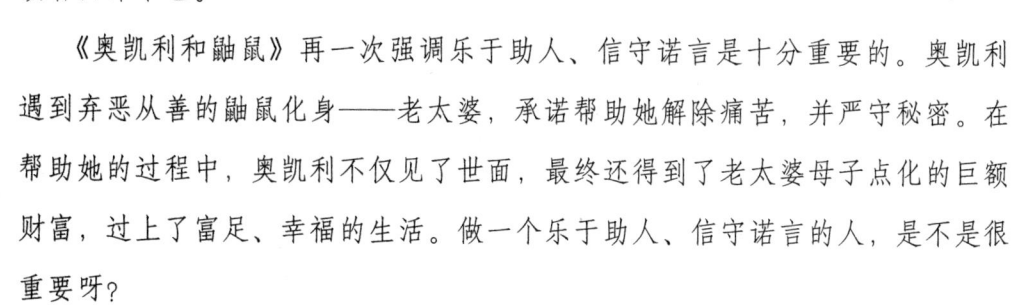

《奥凯利和鼬鼠》再一次强调乐于助人、信守诺言是十分重要的。奥凯利遇到弃恶从善的鼬鼠化身——老太婆，承诺帮助她解除痛苦，并严守秘密。在帮助她的过程中，奥凯利不仅见了世面，最终还得到了老太婆母子点化的巨额财富，过上了富足、幸福的生活。做一个乐于助人、信守诺言的人，是不是很重要呀？

做梦是人与生俱来的一种生理反应，然而欧文一辈子都没有做过梦。因此，他毕生的梦想就是有朝一日能够做个梦。他的主人詹姆斯·塔夫帮助他实现了这个心愿。但经过梦境中一系列的厄运，欧文发誓"再也不想着要做梦了"。生活中，是不是也有许多人为诸多的心愿没有实现而懊恼，不满意眼前的生活，

一心想要过别人的生活呢？《欧文的心愿》中主人公的这番遭遇，会不会让你有所领悟、有所启发呢？

《麦克安德鲁一家的故事》向世人昭示，世界上最不可救药的就是愚笨而不知的人。拥有巨额财富的富翁麦克安德鲁，虽然把所有的财产全留给了七个愚不可及的儿子，但并没有让他们过上幸福、安宁的生活。愚蠢让他的儿子们最终丧失了所有财产而一贫如洗。只给子孙留下财富而不教会他们怎么做人、怎样生存，是不会让子孙获得幸福的。古今中外，无数的例子反复证明了这个道理。

《希腊公主和园丁小伙子的故事》，其情节可谓一波三折。从园丁三个儿子身上，我们看到了老大、老二因懒散、自私、贪图享乐而失去了别人的帮助。老三勤勉、善良、正直，虽然在为国王找回金鸟和金苹果的过程中，屡遭挫折，却因为得到狐狸一次又一次的帮助，终于化险为夷。他不仅找回了金鸟和金苹果，救助了变成乞丐的两个哥哥，而且还获得了希腊公主的爱情，同时又帮助希腊王子最终摆脱了魔咒，得以和父亲、妹妹团圆，娶了国王的女儿。

同样，《驼子勒斯莫传奇》也在告诫世人勤劳、善良的重要和可贵。勒斯莫身材矮小，是个驼背，然而十分勤劳、善良，并能唱出美妙、动听的旋律。他的善良与动听的歌声打动了仙人们，在他们的帮助下脱离驼背的苦海，成为健康、帅气的小伙子。同样是驼背，却"打小就脾气火暴、满肚子坏水"的杰克·马登，虽有了与勒斯莫同样的机会，却因其功利、丑恶，不仅没有解除驼背的痛苦，反而丧失了生命。

世界上最珍贵的是什么？《科马克寻仙记》告诉我们，不是财富，不是权力，而是和亲人团聚一起的生活。科马克王为了拥有"需要什么都可以得到"的仙枝，他宁愿抛妻别子。生活让科马克意识到，世上最珍贵的不是呼风唤雨、随心所欲，而是和自己的妻子、儿女快乐地生活在一起。科马克找寻妻子、儿女过程中发现，世人不外乎分为三种："第一种人得到了才给予，第二种人得到的不多，却从不吝啬，第三种人得到的很多，却吝啬入骨。"他最终幡然醒悟：内心的"真"才是快乐的源泉，不论得到与否，都不应吝啬，应该慷慨给予，这样快乐与幸福就会永驻你身边。因此，人心向善，便会得到意想不到的厚报，人心如果向恶，只会得到加倍的惩罚。

纵观这十八则故事，每一则都在告诫我们，生活中的快乐、幸福，无一不是源于最善、最美的人性。

在这些故事中，叙述者常常是悠然自得、从容不迫地娓娓道来。"从前"、"很久以前"这样的话语，不仅会使小朋友们神往故事的内容，也会立刻引发成年人对自己童年温馨的回忆。"故事到这里就结束了。这个故事是我从祖母那里听来的，现在，我已经把它一字不落地讲给你听了。"（《奥凯利和鼬鼠》）"说到'巨人之路'，我就马上进入正题讲故事啦。嗯，故事是这样的。"（《诺克玛尼山传奇》）"就这样吧，他的故事先搁一搁。"（《希腊公主和园丁小伙子的故事》）这种叙事口吻十分口语化，通俗、质朴、亲切，常会让读者不知不觉间沉浸到那一则则温馨、神奇、引人入胜的童话世界，从中获得许多欢乐，也得到许多感悟。这应该也是《爱尔兰经典童话》的魅力所在。

童话作用何在？在于能够激发读者的想象力，在于是对真善美的真正体验，在于是对美好生活的追求。这种体验虽然是虚构的，却是我们生活所必不可少的。它告诫我们必须弃恶扬善，要真诚善良，乐于助人，信守承诺，这样我们的生命才能得以扩展、延伸和升华。童话的作用还在于，让尚在孩童时代的小朋友们，让他们在舒适的摇篮里、在温暖的怀抱里、在温馨的房间里，就开始体验形形色色的大千世界，学习做人的道理，学会做事的方法。这应该是《爱尔兰经典童话》的价值所在。

让我们一起走进美丽的童话世界吧！

目　次

格里希与公主 · · · · · · · · · · · · · · · · 1
汤姆寻宝 · · · · · · · · · · · · · · · · · · · 17
精明的唐纳德·奥尼亚里 · · · · · · · 21
迪尔德丽的故事 · · · · · · · · · · · · · · 30
奥图尔国王与他的老鹅 · · · · · · · · 47
杰克与他的伙伴们 · · · · · · · · · · · · 53
甘农和盖尔的故事 · · · · · · · · · · · · 63
诺克玛尼山传奇 · · · · · · · · · · · · · · 71
国王的三个女儿 · · · · · · · · · · · · · · 81
"傻子"杰克 · · · · · · · · · · · · · · · · · 91
穿山羊皮的小伙子 · · · · · · · · · · · 100
李尔王孩子们的命运 · · · · · · · · · 109
奥凯利和鼬鼠 · · · · · · · · · · · · · · · 122
欧文的心愿 · · · · · · · · · · · · · · · · · 131
麦克安德鲁一家的故事 · · · · · · · 135
希腊公主和园丁小伙子的故事 · · · · 145
驼子勒斯莫传奇 · · · · · · · · · · · · · 158
科马克寻仙记 · · · · · · · · · · · · · · · 165

译后记 · 170

格里希与公主

很久以前，有一个男孩，住在梅奥郡，名叫格里希。离他家房子山墙不远处有一个异常美丽的山寨，山寨四周全是斜坡。男孩有个习惯，喜欢跑到斜坡那里，坐在绿油油的草地上。一天夜里，他靠着山墙，遥望天空，凝视皎洁、美丽的月亮。他一直保持这个姿势，在那里一连站了好几个小时。然后，他自言自语地说："我好痛苦、好伤心，从来没有走出过这个地方。我宁愿去任何地方，也不愿意憋在这里。啊，洁白的月亮，"他说，"你多好呀，不停地转呀转，没人能够阻挡你，这有多开心呀。我要是能像你一样就好了！"

话音刚落，他便听到一个巨大的声音，好像有成千上万的人在奔跑，在说笑，在运动似的。那声音像风一样，从他身边急掠而过。他侧耳细听，发现声音飞进了山寨。在寨子里，他听到许许多多的小精灵在说话。他们都在声嘶力竭地叫喊，"我的马，我的缰绳，我的马鞍！我的马，我的缰绳，我的马鞍！"

"小家伙，"格里希说，"这挺好玩的，我也要学你们这样大声喊。"于是，他像他们一样高声大喊，"我的马，我的缰绳，我的马鞍！我的马，我的缰绳，我的马鞍！"立刻就见一匹骏马出现在他的面前，脖子上还挂着金色的缰绳，

背上披着银色的马鞍。他纵身一跃,跳了上去。坐到马背上他清楚地看到,山寨里到处都是马,处处都是骑着骏马的小精灵。

有一个小精灵问他:"格里希,今天晚上你和我们一起去吗?"

"当然去!"格里希回答说。

"那好,一道走吧。"随着话音,小精灵们就像风一样,策马而去。那速度真是快呀,比你在打猎中见过的最快的骏马还要快,就连跟在猎人后面飞驰的狐狸和猎狗,也无法和它相比。

前面,刺骨的寒风在呼啸,小精灵们超了过去。速度太快了,刺骨的寒风怎么也追不上来。他们马不停蹄,一路飞奔,一口气就奔到了海边。

随后,所有的人齐声说"越过海岬!越过海岬!"话音刚落,他们就一跃而起,在空中高高地飞了起来。格里希还没来得及记住刚才的地方,他们就落到了地面,像风一样疾行了。

大家终于一动不动地站下来了。一个小精灵问格里希:"格里希,你知道自己现在是在什么地方吗?"

"不知道。"格里希回答说。

"在法兰西,格里希。"他说,"今天晚上,法兰西国王的女儿要结婚。这位公主是天底下最美丽的女人。如果没有别的办法,只能把她带走的话,我们就必须想尽一切办法带走她。你必须和我们一起去,我们把年轻的公主放到你的马上,坐在你身后带走。你有血有肉,她好抱着你,不然会从马上掉下来的。你乐意吗,格里希?你愿意照我们说的做吗?"

"干吗不愿意?"格里希说,"我非常愿意,真的。不管你们叫我干什么,我都愿意，而且毫无疑义。"

　　他们在那里下了马。这时，有个小精灵说了句话，格里希没听懂是什么意思。话刚说完，大家的身子就被拎了起来。随即，格里希发现自己和同伴们来到了王宫。王宫里正在举行盛大的宴会，王国里所有达官贵人都来参加了。他们身着锦罗绸缎，个个珠光宝气。到处是灯，到处都点着蜡烛，灯火通明，亮如白昼，刺得格里希不得不闭上双眼。他再次睁开眼睛时，眼前是一幅他从未见过的最壮观的美景：上百张餐桌排在那儿，每张上面都摆满了吃的喝的，有肉、糕点、蜜饯，还有葡萄酒、麦芽酒，全天下所有的饮料、美酒应有尽有；大厅两端，乐手们在演奏悦耳的音乐，好听极了；大厅中央，一群俊男靓女在跳舞，他们跳呀，转呀，舞步是那么轻盈，节奏是那么欢快，看得格里希都迷住了。大多数人则是在那里有说有笑，人人谈笑风生，毕竟这么盛大的宴会，法兰西已经有二十年没有举行过了，因为年迈的国王除了这么个女儿外，再没有孩子尚在人世。这天晚上，公主要嫁给另外一个国王的儿子。宴会一连举行了三天，到第三天晚上，她就要成婚了。也就是这天晚上，格里希和小精灵们来到了这里。他们希望，如果可以的话，把国王年轻的女儿带走。

　　格里希和小精灵们站在大厅的前面。那里有一座圣坛，装扮得金碧辉煌。两位主教站在后面，只等时辰一到，就开始主持婚礼仪式。这时，没人能看见这些小精灵，因为进来时他们说了一句话，就都变成了隐身人，就好像根本不在那儿似的。

　　"告诉我哪一个是国王的女儿。"格里希说，他已经有些适应那些巨大的喧闹声和强烈的灯光了。

"站在那儿的不就是嘛,你没看见?"和他在说话的小精灵告诉他。

格里希顺着小精灵手指的方向看去,看见公主站在那儿。啊,多美呀!这是天底下最美丽的女人,他想。她好似玫瑰一样艳丽,又如百合一般纯洁。是更艳丽,还是更纯洁,谁也说不清楚。她手臂洁白如玉,双唇红似芍药;她双脚小巧轻盈,只有别人巴掌那么大;她身材苗条,婀娜多姿;她一头秀发,披在肩上,上面插着一个又一个金制的发卡;她身上的衣服不是披金就是挂银;她戒指上的钻石熠熠生辉,犹如阳光一样闪亮。

新娘美若天仙,倾国倾城,看得格里希几乎目眩。再次睁开眼时,他却发现新娘在哭,眼睛里泪水涟涟。"她怎么会不高兴呢?"格里希说,"周围每个人都在有说有笑,个个兴高采烈。"

"老兄,她这是伤心,"小精灵说,"因为她不想结婚,她一点都不爱那个男人。三年前,她十五岁的时候,国王就把她许配给了那家伙。但是,她推托自己年纪还小,请求父王不要把她许配出去。父王恩准,给了她一年的宽限。一年到了,父王又延了一年,然后又延了一年。现在父王不愿意再延下去了,哪怕是一天也不行。今晚,她十八岁了,应该结婚了。但是,确实,"他撇着嘴,一脸怪样子说,"她确实不该嫁给什么国王的儿子。"

听到这些,格里希对公主产生了极大的同情。想到公主要嫁给一个自己不喜欢的男人,他的心都要碎了。但若把公主嫁给一个恶心的精灵,那就更糟了,他的心会更加受不了。不过他一句话也没说,只是诅咒自己运气不好。同时,他也没讲怎么帮助大家把公主从父王手里抢走,带出王宫。

随即,他开始想怎样帮助公主,可想了半天,什么法子也没想出来。"啊!

我要是有办法帮助她，减轻她的痛苦，"他说，"不管是生是死，我都不在乎。可是我一点办法都想不出来。"

他站在那儿观看。这时，国王的儿子走上前去，请求亲吻新娘，可新娘把头转到了一边。格里希看见新郎抓起新娘洁白、柔软的手，拉她出来跳舞，格里希更加同情新娘了。他们在格里希附近跳着舞，格里希看见新娘眼里噙着泪水。

舞跳完后，年迈的国王，也就是她父亲，和她的母亲，即王后，一起走上前。父王说，时辰已到，婚礼开始，主教做好准备，给新娘戴上结婚戒指，把她交给新郎。

国王牵着新郎，王后牵着新娘，一起走向圣坛，达官贵人们紧随其后。他们离圣坛大约只有四米的时候，小精灵伸出脚，把新娘绊倒了。没等她站起来，小精灵把手里的一个东西撒到她身上，同时还嘀咕了一两句。新娘顿时就从人群中消失了，谁也没能再看见她，因为小精灵说了句话，把她变成了隐身人。可爱的小精灵抓住她，把她托起来放到格里希的身后。国王没有看见他们，没人能够看见。他们穿过大厅，走到门前。

啊，天哪！大厅里乱成一团，真是可怜。突然间新娘就从眼前消失了，甚至连怎么消失的都不知道，人们都很纳闷。他们一面叫喊，一面寻找，乱成一团。格里希和小精灵们没有受到任何阻拦就出了王宫，因为没人能够看见他们。他们每个人都说："我的马，我的缰绳，我的马鞍！"格里希也跟着说："我的马，我的缰绳，我的马鞍！"转眼间，马就站在了他的面前，而且身着华丽的盛装。"跳上去，格里希。"小精灵说，"把公主放到你身后，我们马上离开，天快要亮了。"

格里希托起公主，放到马背上，然后纵身一跃，坐到公主的前面。他说了一句："走，马。"他的马还有周围的一切立刻就飞奔起来，一直奔到海边。

"越过海岬！"大家齐声说。

"越过海岬！"格里希也跟着说。马立刻腾空而起，一路腾云驾雾，来到了爱尔兰。

他们没有在那里停下，而是高速奔向格里希的家和山寨。到达遥远的目的地后，格里希转身抱起公主，纵身跳下马来。

"我向上帝发誓，我要把你奉为我的女神。"他说，可话还没说出口，马就立刻倒了下去。马身体里什么都没有，只有一根犁的横梁。他们就是用这个法子变出马来的。不仅这匹马，其他所有的马也都是这么变出来的——有的小精灵骑的是一把破旧的长柄扫帚，有的是一根折断的棍子，更多的不是骑在一根狗舌草上，就是骑在一根毒芹茎上。

听到格里希这席话，小精灵们齐声说："啊，格里希，你这个小丑，你这个小偷，你为什么要把公主据为己有？你这么耍我们，对你自己没有一点好处。"

可是，小精灵们根本没有办法把公主带走，因为格里希已经把公主奉为自己的女神了。

"哦！格里希，我们对你这么好，你却忘恩负义，这是为什么呀？我们跑到法兰西，现在得到什么好处了？你这个小丑，你记着，我们绝不会就此罢休，这笔账，总有你还的时候。我们说话算话，你就等着后悔吧。"

"他从公主那儿捞不到任何好处的。"先前在王宫里和格里希说话的那个矮小精灵说。他边说边走到公主面前,向她头上敲了一下。"现在,"他说,"现在她再也不会说话了。格里希,她现在成了哑巴,对你还有什么用呢?我们该走了——你不要忘了我们,格里希!"

说着,他伸开双臂,还没等格里希回答,就和其他小精灵们跑进了山寨,消失得无影无踪。格里希再也看不见他们了。

格里希转身对公主说:"谢天谢地,他们终于走了。你宁愿和他们一起走,也不愿意和我待在一起是吗?"公主没有回答。"她依然还沉浸在苦恼和悲伤之中。"他心里这么想,接着又对公主说:"公主,今晚恐怕你要住到我的神父家了。如果有什么我可以为你效劳,请你尽管吩咐,我愿随时听你差遣。"

美丽的公主依然一声不吭,眼睛里噙满了泪水,面孔白里透红。

"公主,"格里希说,"告诉我,现在你想要我做什么。把你带到这里来的那帮小精灵,我和他们不是一伙的。我是一个老实巴交的农夫的儿子。我是和他们一起去的王宫,但不知道他们去干这事。我要是有办法,就把你送回到你父亲的身边。不管你要我做什么,请尽管吩咐,我都乐意效劳。我恳请你吩咐我吧。"

格里希仔细地瞅了瞅公主的脸,发现她嘴角在动,像是要说话,可怎么也说不出来。

"你不可能是哑巴。"格里希说,"今晚在王宫里我不是听到你和国王说话了吗?难道是那个恶魔用那肮脏的手在你脸上打了一下,你就变成了这样?"

公主抬起白皙、光洁的玉手,将手指放到舌尖上,意思是她已经失声了,说不出话来。说着,眼泪像泉水一样,从眼里唰唰地流了出来。见此情景,格里希禁不住也流出了泪水。这个小伙子,外表看上去很刚毅,可心很软,见不得公主泪眼婆娑的神情,看不得公主伤心、痛苦的样子。

格里希暗自思忖,接下去该怎么办呢?他不想把她带回家,带回到他父亲的房子里,因为他非常清楚,他们是不会相信他的。他去了法兰西,还带回了国王的女儿,他担心他们会为此嘲弄她、羞辱她。

该怎么办呢?正在疑虑重重、犹豫不决时,他突然想到了神父。"愿荣耀归于上帝,"他说,"我现在知道怎么办了。把她送到神父家,神父不会拒绝收留她、照顾她的。"于是,他又转向公主解释说,他不愿意带她去他父亲家,有一个神父非常善良,对他非常好,如果她愿意待在神父家,神父会悉心照料她的,要是不愿意,想去别的地方,他同样很乐意送她去。

公主低下头，以示谢意，向他表明不管他去哪儿，她都乐意跟着他。"那我们就去神父家。"他说，"他欠我的人情，不管我请他做什么，他都会做的。"

于是，他俩一起向神父家走去。到达神父家门口时，太阳才刚升起来。格里希使劲地敲门。虽说还是大清早，可神父已经起床了。他打开门，看见格里希和那位姑娘，心里好生纳闷，断定他们来这里是要举行婚礼的。

"格里希呀格里希，你这个好小伙子，你就不能等到十点或十二点再来吗？干吗非要这么早就和你心爱的人跑过来结婚呢？你知道，这么早我是不能给你们举行婚礼的，这个时候什么事都做不成呀。即使给你们办了，那也不合法呀。但是，哎呀，"他猛地打住，又仔细地看了看公主，"上帝，谁叫你们到这里来的？这姑娘是谁？你是从哪儿弄到这个姑娘的？"

"神父，"格里希说，"你可以给我主持婚礼，给任何人都可以，只要你愿意。可我们现在来这里，不是要结婚，而是要请你帮个忙，如果你愿意的话，请收留这位年轻的女士在你家里住下。"

神父看着格里希，好像他长了十个脑袋似的，却没再多问，就让他和姑娘一起进了屋。两人进去后，神父关上门，引着他俩来到客厅坐下。

"格里希，"他说，"现在老实跟我说，这位年轻的姑娘是谁？你是脑子生毛病了，还是存心想捉弄我？"

"我说的没有一句是谎话，也没有拿你寻开心。"格里希说，"这位姑娘是我从法兰西王宫带出来的，她是法兰西国王的女儿。"

接着，他从头开始，把事情的来龙去脉向神父讲了一遍。神父听了惊讶不已，有好几次还情不自禁地叫了起来，并不时地击节叫好。

在讲述所见所闻时，格里希想，在自己和小精灵们搅乱王宫里的婚礼前，公主对那桩婚礼并不满意。公主满脸绯红，他因此更加确信，公主宁愿像以前那样待字闺中，也不愿意嫁给她不喜欢的男人。格里希说，神父要是愿意把公主安置在他家中，他会感激不尽。和蔼可亲的神父说，只要格里希高兴，他很乐意效劳，可接下去该怎么做，他一无所知，因为他们没有办法把她送回到她父亲的身边。

格里希回答说，他也在为这个问题心烦，现在还没有看到任何机会，只好静等合适的机会，再把公主送回去。于是他们商定，神父对外说姑娘是他弟弟的女儿，从国外来看他，还要告诉大家姑娘是个哑巴，设法不让任何人接近她。他们把这个想法告诉公主，公主用眼神表示非常感谢他们。

然后，格里希回家去了。家人纷纷问他跑到哪儿去了，他回答说到小渠边睡觉来着，昨晚就是在那儿过的。

神父家突然来了个姑娘，谁也不知道她来自何方，到这里来干什么，因此，大家都感到异常惊奇。有些人说，这里面肯定有隐情。还有一些人说，格里希像完全变了个人似的，每天都往神父家跑，神父也很想见他，还对他礼貌有加。这是一个很大的谜团，大家百思不得其解。

确实，大家说的一点没错。格里希几乎没有一天不去神父家，去和神父说话。而且他每天也在希望公主能够重新好起来，离开时能够开口说话。可是，上帝呀，她还是那么哑，依然一句话也说不出，没有一点好转或痊愈的迹象。由于无法开口，她只好用挥手、眨眼、张口、闭口、微笑等各种不同的方法和他交流。这样，没过多久，两人就能很好地明白对方的意思了。格里希一直在想如何把她送回家，可找不到人和她一起去，他自己也不认识去法兰西的路，在那天晚上把她带来之前，他从未离开家乡半步。和他相比，神父也强不了多少。格里希请神父想想办法。神父给法兰西国王写了三四封信，交给经常漂洋过海、到处做买卖的小商小贩，托他们带给国王。但是，信都弄丢了，没有一封落到国王手里。

就这样，几个月过去了，格里希渐渐地爱上了公主，而且随着时间的推移，这种爱与日俱增。他和神父看出公主也挺喜欢他的。格里希非常担心，要是国王获悉女儿的下落，一定会把她带回去的。所以，他请求神父别再写信了，由上帝来决定吧。

一年就这样过去了。一天，也是秋天的最后一天，格里希躺在草地上，把一年前他和小精灵们漂洋过海以来发生的事情，一件件地想了一遍又一遍。突然，他想起来了，那是十一月的一个夜晚。当时他站在自家房子的山墙边，一阵旋风突然吹来，随即一群小精灵便出现在他的面前。他自言自语地说："今天又是十一月之夜，我要站在去年站的地方，看看那帮小精灵会不会再来。或许，我会看到或是听到什么对我有用的东西，让玛丽重新恢复说话的能力。"他和神父不知道公主的真实姓名，就用玛丽这个名字称呼她。他把自己的想法告诉神父，神父祝他好运。

夜幕降临时，格里希进入古老的山寨，弯着肘，靠在一面灰色旧旗子上，等待午夜时刻的到来。身后，月亮好像一团火似的，在徐徐升起。草地和湿地上空飘浮着一团白雾。炎热的白天过后，夜晚显得有些凉意。周围寂静无声，犹如无风无浪的湖面一样，只有不绝于耳的昆虫的欢叫声，或是野天鹅冷不丁地发出的嘶鸣声。野天鹅在距离格里希大约半英里的天空中飞翔,从一条湖飞到另一条湖。要不就是金绿色的凤头麦鸡,在万籁俱寂的夜晚起起落落时发出的尖叫声,听上去就跟哨声似的。头顶上空,满天星星,璀璨闪烁。天空下了一层霜,脚下的青草变成了一片白色,清新,清脆。

格里希在那儿站了一个小时又一个小时。霜越下越厚,他挪动脚步时,都能听到脚下"咯吱""咯吱"的声音。最后,他心想,今晚小精灵大概不会来了。他正准备转身回家,突然听到远处传来一个声音,直接冲他而来。他立刻辨认出来了。声音越来越响,起初像是海浪在拍击岩石,随后变成瀑布飞流直下,最后像是狂风暴雨在击打树梢。紧接着,旋风刮进山寨。小精灵们都在旋风里。

旋风从他身边飞掠而过,速度之快,令他几乎窒息。不过,他很快就反应过来。赶忙侧耳细听,想听听他们会说些什么。

小精灵们一进山寨,就开始大声喧哗,又是喊,又是叫,又是大声说笑。接着,每个小精灵又高喊:"我的马,我的缰绳,我的马鞍!我的马,我的缰绳,我的马鞍!"格里希鼓起勇气,也像他们那样大声喊:"我的马,我的缰绳,我的马鞍!我的马,我的缰绳,我的马鞍!"可是,还没等他喊完,一个小精灵就大声说:"啊!格里希,我的孩子,你又和我们在一起了是吗?你和你的姑娘过得怎么样?今晚你呼唤马是没用的。我敢保证,今晚你再想这样要我们,是不会成功的。去年你就是这样要我们的,是不是?"

"是的,"另一个小精灵说,"我们不会再上当了。"

"啊!这不就是去年的那个小伙子吗!他把一个姑娘带回了家。从去年的这个时候到现在,那姑娘除了会说一句'你好!',什么话也说不出来!"又

一个小精灵说。

"他大概是喜欢看着她吧。"另一个声音说。

"要是那个傻瓜知道他家门口长着一种草药,把它煮成汤给姑娘喝,姑娘就会说话了。"又一个声音跟着说。

"你是知道这么做的。"

"他可是一个傻瓜呀。"

"别再为这个家伙心烦了,我们马上就走了。"

"随他去吧。"

说着,他们一跃,升入空中,随着旋风离开了,就像他们来时那样,撇下可怜的格里希孤零零地站在那儿,眼睛睁得大大的,在四处寻找他们。

他在那儿站了很久才缓过神来。他把刚才所见所闻全部细想了一遍,不知道自家门口是不是真的长有一种草药,能够让国王的女儿恢复说话的能力。"这是不可能的。"他自言自语地说,"要是真有这种奇效,他们怎么会把这个秘密透露给我呢?也可能是那个小精灵无意中说出来的,说的时候没注意到我在边上。等太阳出来,我就去找,看看家门口除了蓟草和三叶草以外,是不是真有草药。"

格里希回到家,尽管筋疲力尽,可一夜也没合眼,一直等到天亮。太阳刚一露脸,他就从床上爬起来,第一件事就是跑出去,到自家房子周围的草地上细细寻找,看看是不是真有自己不认识的草药。不用说,没过多久,他就看到一株很大的不知名的草药,就长在自家房子的山墙边。

格里希走过去,仔细地瞅了瞅,发现茎秆上长着七根细嫩的枝杈,每根杈上都长着叶子,叶子中渗出白色的液汁。"太好了!"他自言自语地说,"我以前怎么就没有注意到呢?如果说草药真有奇效,那一定就是这株不知名的草药了。"

格里希拿出刀,割下草药,拿到家里,摘去叶子,切碎茎秆。切的时候,只见一股又稠又浓的白色液汁从草药中流出来。这种草药叫苦苣菜,液汁看上去很像是植物油。

格里希把草药放进一个小罐子里,里面放上水,端到炉火上烧开。然后,他拿出一只杯子,舀了半杯多草药水,端到嘴边。他想,这些水说不准有毒,那帮精灵或许想用这个奸计毒死他,或是毒死公主。他把杯子又放了下来,用手指头蘸了几滴,放进嘴里。一点都不苦,还甜丝丝的,味道可好了。于是,他心里有了底,喝了一口,又喝了一口,结果把半杯药水全喝了下去。随后他便睡着了,一觉睡到半夜。醒来他又饿又渴。

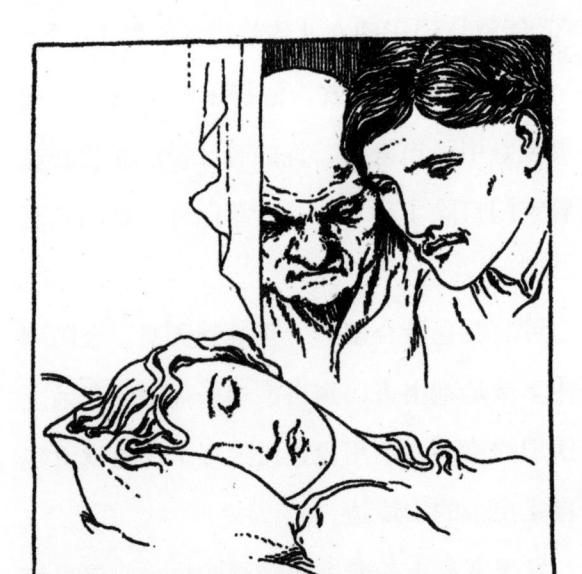

格里希只好等天亮。他打定主意,早晨一起床就去找国王的女儿,将草药水送给她喝。

早晨,格里希拿着药水来到神父家。他感到从来没有像今天这么大胆,这么勇敢,这么兴致勃勃,这么轻松愉快。他确信自己这么精神抖擞,一定是喝了草

药的缘故。来到神父家时，格里希发现神父和公主都在家。他已经两天没有来看他们了。他们也正在为此纳闷呢。

格里希把这两天发生的事情，原原本本地跟他们讲了一遍。他说，他相信这个草药有奇效，不会对公主产生任何伤害，因为他自己已经试过了，感觉非常好。他劝公主尝一尝，发誓说绝不会对她产生不好的作用。

格里希把杯子递给公主。公主喝了一半，然后躺到床上，酣然入睡，一觉睡到第二天早上才醒过来。

格里希和神父一夜没合眼，一直守候在公主的身旁，希望和失望交替出现，一方面盼望她能够恢复说话的能力，另一方面又怕伤害了她。

当太阳爬到头顶的时候，公主终于醒了。她揉了揉眼睛，看上去就像不知道自己身在何方似的。看到格里希和神父同她在一间屋子里，她十分惊讶。她坐直身子，拼命回想所发生的一切。

格里希和神父在急切地等待着，看她会不会说话了。他俩沉默了两三分钟，然后神父问公主："你睡得好吗，玛丽？"

公主回答说："睡得很好，谢谢！"

听到公主开口说话，格里希立刻兴奋地叫了起来。他一个箭步冲到公主面前，"扑通"一声跪倒在地上说："感谢上帝，非常非常感谢上帝！是上帝重新给了你说话的能力，我心爱的公主，你又能和我们说话了。"

公主回答说，她知道是他煮的草药水给她喝的。她还说，自从她到爱尔兰那天起，格里希就一直在关心她、照顾她。为此，她十分感激，永远都不会忘记这份恩情。

格里希十分满意，高兴得手舞足蹈。随即，他和神父端来饭菜给公主吃。公主胃口很好，心情又很愉快，因此吃得非常香，一直没有停过手里的刀叉，就连和神父说句话都没顾得上。

　　格里希回到家，四仰八叉地睡到床上，由于药效还在发挥作用，一会儿就又进入了梦乡，一觉睡了一天一夜。醒来时，他回到神父家，发现公主像他一样也在蒙头大睡。实际上，他离开后，公主几乎一直在酣睡。

　　他和神父走进公主房间，一直守到她再次醒来。这时，公主完全恢复了说话能力。格里希兴奋异常。神父把饭菜又放到桌子上，三个人一起吃了起来。这天以后，格里希每天都到神父家来，他和国王女儿的友情与日俱增。除了格里希和神父，公主没人可以说话。所以，她非常喜欢格里希。

　　于是，格里希和公主喜结良缘。婚礼令人十分难忘。我当时不在场，否则今天我就不会在这里跟大家讲这个故事了。不过我从一只小鸟那儿得知，婚后他们俩无忧无虑，相亲相爱，既没有生灾害病，也没有悲伤忧愁，既没有遭受灾难，也没有蒙受不幸，一直相爱到生命的最后一刻。愿你，愿我们大家，都能像他们那样，相亲相爱，白头到老。

张群 译

汤 姆 寻 宝

这是一个收获的日子，天气晴朗。不错，这一天是丰收天使报喜节。大家都知道这是一年中最重要的节日之一。这天，汤姆·菲茨帕特里克到地里闲逛。他沿着洒满阳光的篱笆溜达时，突然听到前面不远处的篱笆里传来一声"咔嗒"。"我的天啦！"汤姆说，"这个季节都快结束了，还能听到黑喉石鸟在叫，这不是怪事吗？"所以，汤姆踮起脚尖，蹑手蹑脚地向前走，一心想探个究竟，看看这到底是什么声音，自己猜测的究竟对不对。声音停了下来。汤姆睁着锐利的眼睛，在篱笆中扫视。他什么也没看见，只看到篱笆凹进去的地方有一只棕色的罐子，大约能装一加仑半水那么大。接着，他看见一个小老头，人又瘦又小，头上戴着一顶高高的三角帽，胸前围着一块皮围裙，手里拿着一张小木凳。只见他站到木凳上，把一根小长柄勺伸进罐子里，舀出满满一勺东西，放在凳子旁，然后又坐到罐子下面，忙了起来，把一块跟片钉到皮鞋上。皮鞋那么小，只有他那么小的人才能穿上。"啊，我的天啦！"汤姆自言自语地说，"我经常听人说起小精灵[①]

[①] 小精灵（Lepracaun）：爱尔兰民间传说中的矮小妖精，将其捉住后，可以要他指点你宝藏的藏身之地。

的故事,说实话,我从来不相信——没想到今天真的见到了,而且是活灵活现的。我要是想干一件事一定会干成的。人们说,你一定要睁大眼睛紧紧盯着,不然小精灵就会跑得无影无踪。"

汤姆悄悄地向前移动脚步,眼睛紧紧地盯着小精灵,那样子就像猫在捉老鼠似的。走到小精灵面前时,汤姆说:"愿上帝保佑你,我的邻居。"

小老头抬起头回答说:"衷心地谢谢你!"

"今天是过节,我不明白你为什么还在干活。"汤姆问他。

"这是我的事,跟你无关。"他回答。

"嗯,那能否请你告诉我那罐子里装的是什么?"汤姆问。

"这个没问题。"小老头回答,"是好喝的啤酒。"

"啤酒!"汤姆很惊讶,"真是没想到!你是从哪儿弄到这玩意儿的?"

"你是说我从哪儿弄到这东西的?啊,是我自己酿的。你知道我是用什么酿的吗?"

"我一点也不知道呀,"汤姆说,"我猜是用麦芽酿的吧,还有其他原料吗?"

"你猜错了,我是用欧石楠植物酿的。"

"欧石楠植物?"汤姆听了一下子大笑起来,"你不会以为我有那么蠢,竟然会相信你这种话吧?"

"信不信由你,"小精灵说,"可我跟你讲的都是实话。难道你从没听人说过丹麦人吗?"

"听说丹麦人什么?"汤姆问。

"听说丹麦人在这里的时候教我们怎样用欧石楠植物酿制啤酒,这个秘方

我们家一直沿用至今。"

"我能不能尝尝你啤酒的味道？"汤姆问道。

"我告诉你是什么味道，小伙子。你最好去照看你爸爸的庄稼，不要净问些不该问的问题，打搅那些喜爱清净的体面人。你在这里无所事事，浪费时间，可好多牛跑进你们家的燕麦田里，把麦子全给踩倒了。"

汤姆听了吃了一惊。他正准备转身离开时，突然又镇静下来。由于担心再次发生刚才同样的一幕，他一把抓住小精灵，握在手里。可动作过急，把罐子给打翻了，啤酒洒了一地，啤酒是什么味道，他最终还是没能尝上。接着他又威胁小精灵，要小精灵告诉他金银财宝藏在哪里，否则就杀了他，绝无戏言。汤姆一副杀气腾腾、满脸狰狞的样子，把小精灵吓坏了。于是，小精灵说："跟我来，穿过几块地，我指给你看一缸黄金藏着的地方。"

于是，他们俩向那里走去。汤姆紧紧地握着小精灵，尽管要穿过一道又一道篱笆，跨越一条又一条水沟，走过一块又一块沼泽地，可他依然睁大双眼，一动不动地盯着小精灵。最后，他们来到一块很大的农田，里面长满了狗舌草。小精灵指着一株高大的狗舌草说："到那株狗舌草下面挖，你会挖到一大缸金币。"

汤姆出来时匆匆忙忙，压根儿也没想到扛上一把锹。所以，他决定跑回家去拿。为了记住那株狗舌草的位置，他脱下一只吊带袜，系到那株狗舌草上。

然后，他对小精灵说："你保证不会拿掉那株狗舌草上的吊带袜？"小精灵发誓说，他连碰都不会碰一下。

"我猜，"小精灵非常谦恭地说，"你再也不会给我机会的，对吧？"

"不,"汤姆说,"要是你乐意,现在就可以走了,不管你走到哪里,都祝你好运。"

"那好,再见了,汤姆·菲茨帕特里克。"小精灵说,"挖到金币,会给你带来很多好处。"

汤姆拔腿朝家里奔去。跑到家,他抄起一把铁锹,立刻就往回跑。可是,等他跑回到狗舌草地里时,天啦!田里的狗舌草全部不见了,只剩下一只红色吊带袜系在那儿,和他的吊带袜一模一样。他把整亩地都挖了个底朝天,连金币的影子也没见着。那地足足有四十多公顷呢。汤姆扛起锹回家去了,热情一下子退了下去,远没有奔向狗舌草地时那么高兴。他被小精灵结结实实地耍了一把。此后,每想起这件事,他都要把小精灵狠狠地骂上一顿。

张群 译

精明的唐纳德·奥尼亚里

从前，有两个农夫，叫赫登与达登。他们在院子里养着家禽，在高地上养着羊，河边的草地上还有成群的牛。即便这样，他们仍然闷闷不乐。为什么呢？因为在他们的两个农场中间住着一个叫唐纳德·奥尼亚里的穷人。他住着破茅舍，家里一贫如洗，只有一小块草地，勉强能让母牛黛西填饱肚子，不至于饿死。尽管黛西铆足了劲儿，唐纳德也只能偶尔从它身上挤出点滴奶水，搞到一点奶油。你会觉得赫登和达登没什么可嫉妒他的，可事实上，人的欲望是无休止的。唐纳德的邻居们整夜整夜地睡不着觉，盘算着如何占有他那一小块草地。他们从来没有想过可怜的黛西，它已经瘦成皮包骨头了。

一天，赫登遇到达登，像往常一样，他们立刻又抱怨起来，不停地唠叨："要是我们能把那个无赖唐纳德·奥尼亚里赶出去就好了。"

"把黛西宰了吧。"赫登最后说，"这是能赶走那个无赖的唯一办法。"

两人立刻同意了。天还没黑，赫登和达登就悄悄地来到小茅舍，可怜的黛西躺在那里，尽管白天吃下去的草只有一小把，可它仍在尽力咀嚼着胃里反上来的青草。唐纳德过来查看黛西夜晚是否舒适时，可怜的黛西只来得及舔一下

唐纳德的手就一命呜呼了。

　　唐纳德是一个精明的小伙子。尽管垂头丧气,他仍然开始盘算怎么才能从黛西的死亡中得到些实惠。他想啊想,不停地想来想去。第二天,人们一大早就看到他吭哧吭哧地赶往集市,肩上扛着黛西的毛皮,所有的钱币都装在口袋里,叮叮当当地响个不停。去集市前,他在毛皮上划了几个口子,在每个口子里放了一枚钱币。他大摇大摆地走进镇上最好的一家旅店,一副大老板的样子。他将毛皮挂在墙上的钉子上,坐了下来。

　　"给我上你们这儿最好的威士忌。"他对店主说,可他那模样店主一点也看不惯。"你是不是怕我付不起钱?"唐纳德问,"才怪呢,我有这个毛皮,想要多少钱就有多少钱。"说着,他用棍子打了下毛皮,里面立即蹦出枚钱币来。不出他所料,店主的眼睛瞪得老大老大。

"这毛皮怎么卖？"

"哥们儿，这可不是用来卖的。"

"一金币你卖吗？"

"我说了，这不卖。我和我那口子还得靠它吃饭呐。"说着，他又拿棍子打了下毛皮，里面又蹦出一枚钱币。

长话短说，最后唐纳德还是卖了毛皮。那天晚上，他竟然来到赫登家门口。

"晚上好，赫登，能把你家那副最好的天平借给我用一下吗？"

赫登瞪着他，挠了挠脑袋，还是借给了他。

唐纳德回到家，拿出那满满一袋闪闪发光的金币，一枚一枚放到天平上称量。赫登在天平上抹了一点黄油，所以他把天平还给赫登时，最后那枚金币牢牢地粘在了天平上。

如果说赫登刚才吃惊地看着他，那么现在更是惊得目瞪口呆。唐纳德前脚刚走，他就急急忙忙赶到达登家。

"晚上好，达登。那无赖走了狗屎运……"

"你说的是唐纳德·奥尼亚里？"

"除了他还能有谁？他又回来了，还在称量满满一袋子金币。"

"你怎么知道？"

"这是他刚刚问我借的天平。有一枚金币还粘在上面呢。"

他们一起出门，来到唐纳德家。

唐纳德把金币十枚十枚地摞在一起，摞到最后一堆却没法摞完，因为缺了一枚，就是粘在天平上那一枚。

两人连"不好意思打扰了"也没说,就径直闯了进来。

"哦,真没想到!"他们就说了这一句话。

"晚上好,赫登;晚上好,达登。啊哈!你们自以为结结实实地耍了我一把是吧?可实际上,你们这次可帮了我大忙了。我发现可怜的黛西死了的时候,就在想:'它的毛皮也许能让我得到点什么。'没错!我的确找到了好东西。这会儿市场上毛皮卖得可好了,可值钱了,都要用金币来买呢。"

赫登用胳膊肘推了下达登,达登朝他眨了下眼睛。

"晚安,唐纳德·奥尼亚里。"

"晚安,伙计们。"

第二天,他们所有的牛,老的也好,小的也罢,都被扒了皮。达登用最强壮的马儿,拉着赫登家最大的货车,装着那些毛皮赶往集市。

他们来到集市,一人披着一张牛皮,在集市里走来走去,大声叫卖:"卖牛皮!卖牛皮啦!"

皮匠走了出来。

"伙计,这皮子怎么卖?"

"这得用金币买。"

"这会儿从店里出来还早了点。"皮匠就说了这些,回到了自己的院子里。

"卖牛皮啦!崭新的上等牛皮啊!"

补鞋匠走了出来。

"伙计,这皮子多少钱一张?"

"这得用金币买。"

"你开什么玩笑!见鬼去吧!"他朝达登狠狠砸了一拳,打得达登险些摔倒。

人们纷纷从集市的另一头跑过来,边跑边大声问:"怎么啦,出什么事啦?"

"这儿有两个混蛋要用牛皮换金币。"补鞋匠说。

"抓住他们,抓住他们!"胖乎乎的旅店店主最后才来,他咆哮着说:"我打赌,这两人里一定有一个昨天骗我买下那张该死的牛皮,坑了我三十枚金币!"

赫登和达登非但没捞上半点好处,反而被人结结实实地打了一顿。他们赶忙掉头回家,脚步丝毫不敢慢下来,因为全镇的狗都在他们身后穷追不舍呢。

你可以想象,如果说以前他们就不怎么喜欢唐纳德,那么现在就更讨厌他了。

"伙计们,这是怎么啦?"看见他们一路奔回来,帽子打掉了,衣服也扯破了，还鼻青脸肿的，奥尼亚里关切地问道，"你们刚刚是打架了，还是倒霉撞到了警察？"

"我们要报警，你这浑蛋！你大概觉得自己很聪明是吧，编了一堆谎话来骗我们。"

"谁骗你们了？你们不是亲眼看到金币了吗？"

但现在说什么都晚了。他必须，也应该付出代价。赫登和达登的手边正好有一个大面粉袋，他们把唐纳德·奥尼亚里装进去，捆得死死的，用一根棍子穿在绳结上，一人抬着一头，唐纳德·奥尼亚里吊在他们中间。他们就这样向布朗沼泽湖走去。

但布朗沼泽湖很远，一路上又尘土飞扬，赫登和达登疲惫不堪，口干舌燥。这时，他们看到路边有家小店。

"进去坐会儿吧，"赫登说，"我累坏了。没想到他就吃这么点还这么重。"

赫登想休息，达登自然也想。至于唐纳德，他们当然不会准许他离开。他被重重地扔在店门口，就好像是一袋土豆似的。

"老实点，你这个流浪汉。"达登说，"我们要是愿意多等一会儿，自然也轮不到你多嘴。"

唐纳德一声不吭。过了一会儿，他听见玻璃杯的碰撞声，还有赫登嘹亮的歌声。

"我说了我不会娶她的，不会娶她的！"唐纳德说，但没人注意到他在说什么。

"我说了我不会娶她的，不会娶她的！"他又说了一遍，这次声音比先前响，

但还是没人注意到。

"我说了我不会娶她的,不会娶她的!"他说了第三次,这次用了最大的声音。

"我能冒昧问一下,你不想娶谁?"一个农夫问道,他赶着一群牛,正好想进店里喝一杯。

"不想娶国王的女儿。他们非要我娶她,都快把我烦死了。"

"你多幸运啊!我愿意付出一切和你交换。"

"是啊!你也这么觉得吧?一个农夫能与一位穿金戴银的公主结婚,那是一件多么美好的事情啊!"

"你说穿金戴银?哦,你能不能也带上我?"

"你是一个老实人,我呢,也不在乎什么国王的女儿,尽管她貌若天仙,穿金戴银。应该娶她的人是你。先帮我解开绳子,把我放出来。他们怕我跑,把我给捆住了。"

唐纳德爬出袋子,农夫钻了进去。

"老老实实躺着吧,要是有震动,别去管他,那是你在经过王宫的台阶。他们也许会骂你是混蛋,因为你竟然连国王的女儿都不要,但你不用在意。啊,我可是让你捡了一个大便宜啊。不过我的确是一点都不在乎那个公主。"

"那你把我的牛拿去吧。"农夫说。就这样,唐纳德不一会儿就赶着那些牛回家去了。

赫登和达登出来后,一人扛着杆子的一头。

"我觉得这家伙更重了。"赫登说。

"哦，没事儿，"达登说，"反正离布朗湖也不远了。"

"我要她，我要她！"农夫在袋子里面大声嚷嚷。

"是的是的，你会的。"赫登用棍子打了下袋子。

"我要她，我要她！"农夫又大叫起来，声音比先前更响了。

"好了，到了。"达登说。他们到了布朗湖，把袋子放下来，重重地扔进了湖里。

"你再也不能在我们身上胡作非为了。"赫登说。

"是啊，"达登说，"嘿，唐纳德，我的伙计，你来问我借天平，真是大错特错呀。"

他们离开湖边，步履轻盈，心里别提有多高兴了，但走近家门口时，竟然看见了唐纳德·奥尼亚里，母牛在他周围吃着草，小牛踢着蹄子，在互相顶头。

"是你吗，唐纳德？"达登说，"我的天啦！你居然比我们还早到家。"

"是我，达登，我得好好感谢你们啊。虽然你们没安好心，但结局可不错。你们像我一样，也会听说，布朗湖是通向乐土①之道。我以前总以为这是唬人的把戏，但这却是事实，你们瞧瞧这些牛。"

赫登和达登目瞪口呆，瞠目结舌，但不得不承认这些牛都是真真切切的，而且一个个还那么肥硕。

"我带过来的已经是最差的牛了，"唐纳德·奥尼亚里说，"其他的还要壮，根本没法赶它们回来。不过，当然啦，它们不想离开那儿也很正常，那儿的草啊，

---

① 乐土 (Land of promise)：或译"应许之地"，《圣经》中耶和华上帝应许给犹太人的"流奶与蜜之地"。

一眼望不到尽头，鲜嫩多汁，就像新鲜的黄油一样。"

"嗯，唐纳德，我知道我们不是朋友，"达登说道，"可就像我以前说的，你是个好伙计，你会带我们去那儿吗？"

"我为什么要带你们去呢？那儿有那么多牛，我为什么不能一个人独自占有呢？"

"上帝呀，难怪人们常说，人越富，心肠就越硬。唐纳德，你一向是个友善亲切的家伙，你不会把所有好事都一个人独吞了吧？"

"你说得对，赫登，虽然你们没给我树立什么好榜样，但过去的就让它过去吧。那儿还有很多牛，跟我来吧。"

于是，他们一起出发了。虽然是长途跋涉，但他们心情愉快，又迫不及待，步履自然也就轻盈了。来到布朗湖，天空缀满了朵朵白云，湖里也倒映着朵朵白云。

"瞧，它们在那儿呢。"唐纳德指着湖里的云，大声叫道。

"哪儿？哪儿？"赫登大喊。"别贪心！"达登也叫了起来。为了抢先得到肥牛，达登使足全身的力气，纵身跳进了湖里。赫登也不甘示弱，跟着跳了下去。

两个家伙再也没有回来。也许他们也像牛一样，长得太胖了。至于唐纳德·奥尼亚里嘛，他拥有那些牛羊，心满意足，直到永远。

陈亦宵 译　张群 校

迪尔德丽的故事

从前,有个爱尔兰人,叫马尔科姆·哈珀。他为人正直,家境富有。他有妻子,但没孩子。一天,马尔科姆听说有个算命先生来到了他们那儿。他为人正直,希望那个算命先生能过来帮他算算命。是他邀请的也好,是算命先生自己过来的也罢,总之,那个算命先生来到了马尔科姆的家。

"你是在给人算命对吗?"马尔科姆问道。

"对呀,我会算命。你要算吗?"

"嗯,要是你真的能算出我的命,并且愿意告诉我,我倒是不介意你帮我算一算。"

"好的,我给你算一算。你要算什么?"

"如果你算得准的话,我想让你算算我的命运,看看我将来可能会有什么事情发生。"

"好的。我先出去一下,回来后我就告诉你。"

算命先生走出去,在外面没待多久就回来了。

"啊,"算命先生说,"我用天眼看到了。爱尔兰会因为你的女儿而遭遇有史以来最残暴的杀戮，三位最有名的英雄会因她而死。"

没过多久，马尔科姆就生了个女儿。除了自己和养母，他不让任何人靠近他们家。他问养母："你愿不愿意把她藏到一个没有人知道的地方，把她抚养成人？"

养母说她愿意。于是，马尔科姆叫了三个人，带他们去了一座大山，大山很远很远，无人知晓、无人问津。他命令那三个人把一个圆圆的绿色山丘从中间挖个洞，仔细地遮盖起来，这样女儿和养母就可以住在里面。他们照做了。

就这样，迪尔德丽和养母住在山中小屋里，从来不认识这世上的其他人，也从来没不知道这世上还有其他人，不知道外面发生的一切，就这样长到十六岁。迪尔德丽出落成一个皮肤白皙、亭亭玉立的少女，好似出水芙蓉一般娇艳。

她身材那么苗条、面容那么可爱、性格那么温柔，整个爱尔兰也找不出第二个。只要有人看她一眼，她的脸马上就会羞得红扑扑的。

抚养她的养母，将自己所有的知识和本领全都传授给了她。迪尔德丽为世间万物都取了名字，无论是地上的一片草、林中欢唱的一只鸟，还是天上闪烁着的一颗星，她都给起了个名字。不过，有一件事情是养母特别强调的，就是不希望她同这世上任何一个男人来往或交谈。但是一个凄凉的寒冬夜晚，乌云密布，有个猎人疲惫地行走在山间。他来打猎，可迷了路，失去了方向，与同伴也走散了。他翻山越岭，又困又乏，一阵睡意袭来，便躺在迪尔德丽住的美丽的绿色土堆旁睡着了。饥寒交迫，跋涉劳累，他虚弱不堪，沉沉地睡着了。他睡在迪尔德丽住着的绿色山丘旁，做了一个奇异的梦。梦见自己来到一座美丽的史前圆形石塔前享受阳光的温暖，里面的仙女们正在演奏音乐。猎人在梦里大叫起来。如果真的有人住在那石塔里，看在上帝的分上，请好心让他进去吧。迪尔德丽听见他的叫声，问养母："养母，这是什么哭喊声？""没什么，迪尔德丽，只是迷了路的鸟儿，在寻找伙伴呢。让它们飞过去吧，飞到林中空地去。这里不是它们应该停留的地方。""哦，养母，鸟儿说，看在上帝的分上，请让它进来。您不是对我说过，要是有人以上帝的名义发出请求，我们就应该出手相助吗？如果您不让那只饥寒交迫、生命垂危的鸟儿进来，我就再也不相信您的话，也不相信那个信仰了。我相信您教给我的话和信仰是有道理的，所以我会自己把它放进来。"说完，迪尔德丽站起身，打开门的插销，让猎人进来了，并端出椅子让他坐，送上食物让他吃，递来饮料让他喝。

"喂，看在上帝的分上，既然放你进来了，你这个人可要管好自己的嘴巴！"

老太太说道,"在这么寒冷的冬夜,我们放你进屋,享受温暖和庇护,你要管住自己的嘴巴,这总不是什么难事吧。""好的,"猎人说,"既然我进了这屋子,享受您的款待,我会按您说的去做——管好自己的嘴巴。但看在上帝的分上,要是有人看到您在这里藏着这么美丽的一个人儿,我担保,他们迟早会把她从您身边带走的。"

"你说的这些人是谁?"迪尔德丽问。

"我可以告诉你,姑娘,"猎人说,"他们是尤伊斯的儿子诺亚和他的两个兄弟:艾伦和阿登。"

"这几个人长什么模样?说不准我们将来会碰到他们。"迪尔德丽问。

"他们的身材和长相是这样的,"猎人说,"头发乌黑,皮肤洁白,白如天鹅,脸色红润,红如红牛;跑起来如激流中的鲑鱼,快之又快,跳起来似山里的小鹿,高之又高。而诺亚是爱尔兰人中身材最高的。"

"不管他们长什么样,"养母说,"你赶快给我从这里离开,快走另一条路去吧。啊,上帝呀!我真得要好好谢谢您呀!她居然让他进来了!"

猎人离开她们,径直来到国王康纳克的宫殿。他让人给国王捎话,说如果国王愿意的话,他想和国王谈谈。国王出来问他:"你有什么事吗?"

"喂,陛下,我只是想告诉您,"猎人说,"我看到了全爱尔兰最美丽的姑娘,我特意跑过来向您报告。"

"那美人是谁?你在哪里看见她的?如果你真见到她了,那为什么以前没人见过她?"

"我的确是看见她了,"猎人说,"只有我知道她住在哪里,否则没人能够

Deirdre.
O NURSE WHAT
CRY IS THAT?

ONLY THE BIRDS OF THE AIR
CALLING ONE TO THE OTHER —
THERE IS NO HOME FOR THEM HERE
LET THEM GO BY TO THE THICKET.

找到她。"

"那你愿不愿意带我去她住的地方？你告诉我这件事，我会给你奖励；你要是给我带路，我会给你同样丰厚的奖励。"国王说。

"好的，我愿意带您去。啊，陛下，她们恐怕不愿见外人。"猎人说。

康纳克，北爱尔兰国王，叫来最亲密的族人，把自己的意图告诉了他们。石穴里的鸟儿早早就起来了，正在欢唱。林子里的鸟儿起得都很早，也来唧唧喳喳唱个不停。然而，康纳克和他的亲信们起得更早。灌木丛和花上都缀满了露珠。在一群亲友的陪伴下，北爱尔兰国王在温煦、清新的五月清晨，踏着宜人的晨光，前往迪尔德丽所住的小山丘，要把她带回王宫。因为路途遥远，道路崎岖，很多年轻人出发时步履轻盈，健步如飞，可到了小土丘的时候，就体力不支，摇摇晃晃了。"快看，那幽谷底下就是姑娘住的小屋了。但我不敢靠近她的养母。"猎人说。

康纳克和族人们走到迪尔德丽居住的绿色土丘前，敲了敲门。养母应声说："除非国王下旨，要不动用军队，否则谁也别想让我今天走出这土丘一步。我恳请你告诉我你是哪位。""是我，北爱尔兰国王，康纳克。"可怜的养母听见是国王站在门外，慌忙起身，让国王和所有能挤进来的随从进了屋。

看着面前的迪尔德丽，看着这位他苦苦寻觅的女人，国王觉得，无论是在天地间，还是在梦境里，没有哪个女子有这么美丽、这么动人。他看了第一眼就全身心地爱上了她。勇士们扛起迪尔德丽，将她和养母一起带到了康纳克国王的王宫里。

康纳克非常爱迪尔德丽，想立刻和她结婚，无论她是否愿意。但迪尔德丽对他说："如果您能给我一年零一天的时间做准备,我会很感激您的。"康纳克说:"虽然我不太乐意,但我准许你的请求,只要你肯发誓在年底时嫁给我。"她发了誓。康纳克为她安排了女老师,又派了许多性格开朗、容貌端庄的女仆,整天陪着她游玩,和她说话。迪尔德丽做家务很拿手,也很懂如何做一个好妻子,康纳克对她很是满意,觉得再也找不到一个让他更满意的人了。

一天,迪尔德丽和女仆们出门,到房子后面的山丘上赏美景,晒太阳。这时,她们看到三个正在赶路的男子。迪尔德丽看到走近的男人们很是好奇。当男人走近她们时,她突然想起了那位猎人说过的话,自言自语道,这些人一定就是尤伊斯的三个儿子吧。那一定是诺亚,他比爱尔兰所有的男人都要高呢。三兄弟路过时却没有注意到她们,甚至没有朝山丘上的女孩们瞥上一眼。但是,迪尔德丽心中涌起了对诺亚强烈的爱意,情不自禁地跟了上去。她系上衣服的腰带,要女仆们留在原地,自己跑去追赶那三个刚刚从小丘下路过的男人。艾伦和阿登早就听说康纳克国王得到一个貌似天仙的姑娘,觉得他们的哥哥诺亚要是看见那姑娘,一定会把她夺过来的,更何况她还没有嫁给国王呢。他们感觉到有人在追他们,可因为还要赶远路,天又快要黑了,于是互相催促着加快步伐。迪尔德丽哭喊着:"诺亚,尤伊斯之子,你为什么要弃我而去?""唉,这哭声真是撕心裂肺呀!这是我听过的最动听的声音,也是最让我心痛的声音。是谁呀?她在哪里哭喊?""只是康纳克国王的天鹅在哀号罢了。"弟弟们说。"不!是一个女人悲痛的哭喊。"诺亚说,他发誓一定要找出是谁在哭,否则就不走了。于是,他调转身子往回走。就这样,诺亚和迪尔德丽相遇了。迪尔德丽吻了诺亚三次,并各吻了两个弟弟一次。迪尔德丽羞红了脸,有些不

知所措，但红晕来得快去得也快，宛如溪边山杨树一样。诺亚觉得自己从未见过这么美丽的女子，立刻就疯狂地爱上了她，胜过世间万物。

诺亚把迪尔德丽扛到肩头，叫弟弟们跟上他的步伐。他们按照他说的，紧随其后。诺亚觉得，他和北爱尔兰国王，也就是他叔叔的儿子，因为迪尔德丽已经反目成仇（即便他还没有娶她），留在爱尔兰不是好办法。于是，他们转头，改去阿尔巴①，也就是苏格兰。他们来到尼斯湖边安了家。他能从家门口的激流里捕到鲑鱼，也能从窗外的灰色山沟里猎杀到小鹿。诺亚、迪尔德丽、艾伦和阿登，一起住在他们的城堡里，一直过着幸福的生活。

但是，迪尔德丽答应嫁给北爱尔兰国王康纳克的时限已经到了。康纳克下定决心，无论迪尔德丽是否已经嫁给诺亚，都要想尽一切办法把她夺回来。他特地准备了一场丰盛的宴席，并放出消息，让爱尔兰所有的族人都来赴宴。康纳克心想，就算他求诺亚，诺亚也一定不会来赴宴的。所以，他又想了一计，让他父亲的弟弟费尔什·马尔·罗去游说诺亚他们。他把费尔什叫了过来，对他说："你去告诉诺亚，尤伊斯之子，我要设宴款待爱尔兰我所有的朋友和族人。如果他、艾伦和阿登不来赴宴，我就日不能息、夜不能寐。"

费尔什·马尔·罗和他的三个儿子踏上了征途，前往埃蒂夫湖边诺亚他们住的地方。尤伊斯的儿子们热情地接待了费尔什·马尔·罗和他的三个儿子，向他们打听爱尔兰的近况。"我能给你的最好消息，"这位勇敢的英雄说，"就是北爱尔兰国王康纳克要隆重设宴，宴请全爱尔兰他所有的朋友和族人。他发

---

① 阿尔巴：盖尔语，意思是"苏格兰"。

誓，如果尤伊斯的三个儿子，他父亲亲兄弟的儿子不去赴宴、不回家乡的话，他就日夜不眠，以天地为证。所以，他专门派我来邀请你们。"

"我们会同你去的。"诺亚说。

"我们会的。"两个弟弟说。

但是迪尔德丽不想同费尔什·马尔·罗回去。她百般劝阻诺亚，说："我看见了一个先知，诺亚，你来帮我解释解释。"说着，迪尔德丽便唱了起来：

  啊，诺亚，尤伊斯之子，请你倾听
  这些就是出现在我梦里的事情。

  从西边飞来白鸽三只
  它们越过海洋，
  各自嘴里含着蜂蜜蜜汁
  它们来自蜂房。

  啊，诺亚，尤伊斯之子，请你倾听，
  这些就是出现在我梦里的事情。

  从南边飞来三只灰鹰
  它们飞越海洋，
  嘴里含着鲜红鲜红的血液

对我来说它们重于生命。

诺亚回答说：

迪尔德丽，这些不过是女人心中的恐惧，
只是夜晚的梦呓。

他说："喂，迪尔德丽，康纳克派人邀请我们赴宴，如果我们不去，一定会有不幸发生。"

"你们就去吧。"费尔什·马尔·罗说，"如果康纳克对你们友善，你们也对他友善，如果他对你们大怒，你们也对他大怒。我与我的三个儿子也与你们同在。"

"我们与你们同在。"达林·德罗普说。"我们与你们同在。"哈迪·霍丽也说。"我们与你们同在。"菲亚·费尔也这样跟着说。

"我这三个儿子都是勇士，无论你们遇到什么危险或者伤害，他们都会挺身相救，我也会和他们一样。"费尔什·马尔·罗拿起武器发誓：无论尤伊斯的儿子们遇到什么样的危险或者伤害，他和他的儿子都会拼尽性命保护他们，即便是枪林弹雨，刀光剑影，他们也会赴汤蹈火，在所不惜。

迪尔德丽不愿意离开苏格兰，但又想和诺亚一起走。她泪如雨下，唱道：

我亲爱的家园就在那里，
苏格兰到处是湖泊林子；

心痛万分将要与你分开,

但我要与诺亚不离不弃。

尽管迪尔德丽感到不安,费尔什·马尔·罗还是带着尤伊斯的三个儿子离开了。

小舟已下水,

帆儿已扬起;

翌日他们就将抵达

爱尔兰白色的岸堤。

尤伊斯的三个儿子一到爱尔兰,费尔什·马尔·罗就派人通知北爱尔兰国王康纳克,他想要的人已经来了,请国王向他们表示友好。"好吧,"康纳克说,"我的确是邀请了尤伊斯的三个儿子,但没想到他们真的会来,没做好迎接他们的准备。那里倒是有个招待陌生人的房子,他们今晚就住那里吧,我的王宫明天才能为他们准备好。"

没过多久,康纳克就在王宫里不安起来,不知道那三个儿子住在那房子里有什么动静。"去吧,吉尔本·古雷德纳奇,洛奇林王之子,去帮我看看迪尔德丽是否还和以前一样楚楚动人。如果是的,那我会不惜一切代价将她夺回,如果不是,那就让诺亚,尤伊斯之子自己留着吧。"

吉尔本,洛奇林王活泼可爱的儿子,来到尤伊斯之子和迪尔德丽住的地方。

他从门洞里偷看迪尔德丽。只要有人看着迪尔德丽，她就会脸红。诺亚看了一眼迪尔德丽，知道有人正从门洞里偷看她，于是抓起面前桌上的一粒骰子，对准门洞猛地扔过去，击中了吉尔本的一只眼睛，把眼珠子都打飞了。吉尔本，洛奇林王活泼可爱的儿子，回到了康纳克国王的宫殿。

"你去的时候开开心心、活泼可爱，回来时怎么闷闷不乐、一脸苦相？吉尔本，发生什么事了？你看见迪尔德丽了吧？她是不是还同以前一样美丽动人？"康纳克问。

"是的，我看见她了。我确实看见她了。但我透过门洞看她的时候，诺亚，那个尤伊斯之子，拿起一粒骰子，把我的眼睛打掉了。但我发誓，要不是您让我快去快回，就算诺亚要打瞎我的另一只眼，我也要在那儿用另一只眼睛再看她一眼。"吉尔本说。

"这我相信。"康纳克说，"立刻给我派三百勇士到他们几个住的地方，把迪尔德丽给我带回来，其他人全部杀掉。"

康纳克命令他的三百勇武将士来到迪尔丽德他们住的地方，把她带回来，把其他人杀掉。迪尔德丽说："他们追过来了。"

"是的，但我会出面制止。"诺亚说。

"要出去的不是你，而是我们。"达林·德罗普、哈迪·霍丽和菲亚·费尔说，"我们的父亲离家时把你们的身家性命都托付给了我们。"这些年轻人勇敢高贵，英俊阳刚，满头棕发，十分迷人。他们手拿武器，身着战袍，走出屋子，准备迎接这场厮杀。他们的战袍闪闪发亮，上面画着各式各样的图案，有飞禽走兽，有爬虫狮子，有矫虎雄鹰，还有致命毒蛇。就这三位年轻的勇士，把康纳克三百名猛将全都打倒在脚下。

康纳克急忙冲出来,怒吼道:"是谁在那儿杀了我的人?"

"是我们,费尔什·马尔·罗的三个儿子。"

"好吧,"国王说,"如果你们今晚投靠我,我的大门永远向你们的祖父、你们的父亲,还有你们三兄弟敞开。"

"康纳克,我们既不会接受,也不会感谢。我们宁可回家告诉父亲我们取得的赫赫战功,也不愿意接受你提出的任何条件。诺亚、艾伦、阿登,三位尤伊斯之子,与你关系密切,不亚于我们,但现在你却要杀了他们,到时候你也会杀了我们的。"于是,这些高贵阳刚、英俊年轻、满头棕发、十分迷人的勇士们,回到了屋内。"现在,"他们说,"我们要回家告诉父亲,你们已经摆脱了国王的魔掌。"于是,三位高大英俊的勇士精神抖擞、健步如飞地回家了,向他们的父亲报告尤伊斯之子已经安全。他们在清晨启程回去。之后,诺亚说他们也必须离开暂住的屋子,返回苏格兰。

诺亚、迪尔德丽、艾伦和阿登踏上了返回苏格兰的路途。有人将消息传给国王,说他要追杀的人已经逃走。国王叫来他最好的巫师杜南·加查,对他说:"杜南·加查巫师,我在你身上可是花了不少钱,让你学会各种各样的巫术。今天,这几个根本不把我放在眼里的家伙就要逃之夭夭了,而我呢,既没有机会追上他们,也没有办法阻止他们。"

"我会想办法阻止他们的,"巫师说,"直到您派去追杀他们的人凯旋。"说着,巫师在尤伊斯的三个儿子前面变出一片无人能够穿越的森林,没想到他们一下子就穿了过去,一步也没停,没受到一点耽搁。迪尔德丽一直紧紧地抓

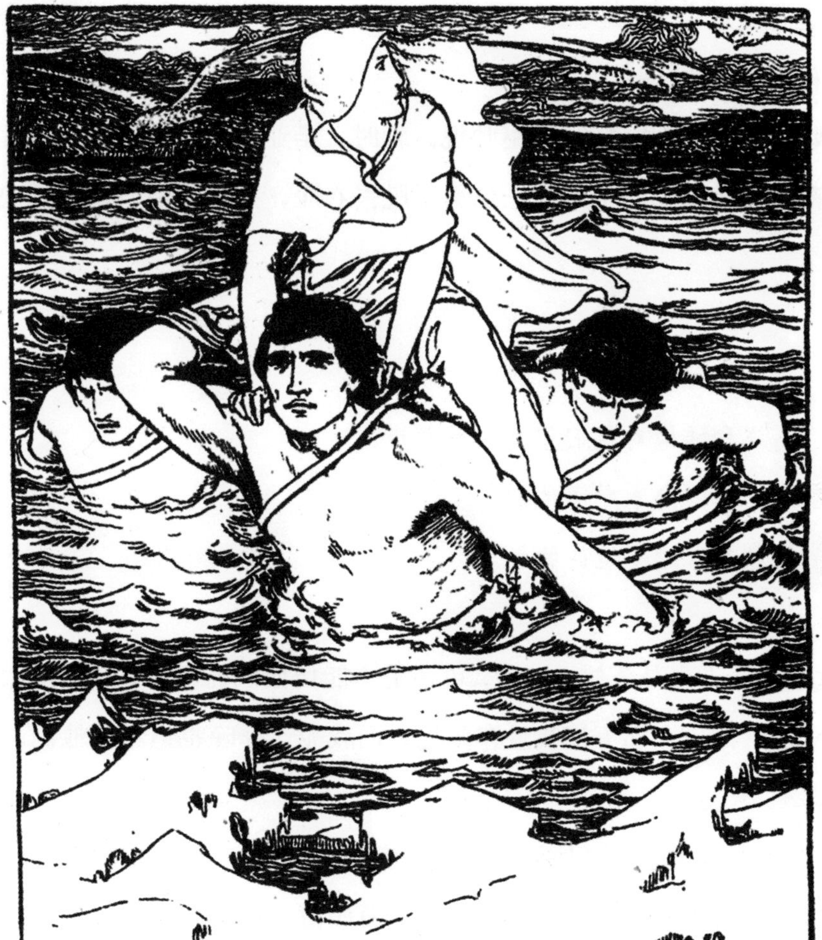

住诺亚的手。

"这有什么用?他们还不是照样过去了。"康纳克说,"他们停都没停,不费吹灰之力就过去了,一点都没把我放在眼里,我没办法赶上他们,今晚也没机会把他们抓回来了。"

"我会换一个方法试试。"巫师说。顿时,诺亚他们眼前出现了一片苍茫的大海,而不再是绿色的平原。三位勇士脱去衣服,系在脑后,诺亚把迪尔德丽扛到肩上。

他们展开身体在海里畅游,
海洋和陆地对他们似乎并无两样,
那汹涌的海水对于他们
就像是翠绿平坦的牧场。

"这办法看上去是不错,杜南,可还是不能把他们抓回来。"康纳克说,"他们就这样走了,一点都不把我放在眼里,而我呢,今晚也追不上他们,抓不回他们了。"

"既然那方法阻止不了他们,我们再换一个试试。"巫师把波涛汹涌的海洋冻结成满是嶙峋怪石的丘陵,那些石头一面如刀一般锋利,另一面涂着毒蛇的毒液。突然,阿登嚷着说觉得好累,快支撑不住了。"阿登,过来吧,骑到我右肩上。"诺亚说。阿登走过来,坐到诺亚的肩头。他一直这样坐着,坐了很长时间,但最后还是死了。诺亚仍然扛着他不肯松手。突然,艾伦也说自己觉得很虚弱，快坚持不住了。诺亚听到他在祷告，发出了心如刀割的叹息。他让艾伦紧紧地抓着他，他会把他带到岸边。可没过多久，艾伦也因为虚弱过度死去，松开了手。诺亚看看身边，看着两个至亲至爱的弟弟都死去了，他也顾不上自己的死活了，沉痛地哀叹起来。结果，他伤心过度，也死了。

"他们都死了。"杜南·加查巫师对国王说，"我完成了您的任务，尤伊斯之子已经死了。再也不会给您添麻烦了。现在，您可以完完全全独占您的妻子了。"

"祝福你，杜南！我也希望能够这样如愿以偿。我让你学了那么多巫术，果然没白费力气。现在收干洪流吧，让我看看迪尔德丽。"康纳克说。杜南·加查巫师收干了平原上的洪流，尤伊斯的三个儿子并排躺在绿油油的平原上，一动不动，毫无生息。迪尔德丽俯下身子，泪如雨下。

迪尔德丽哀叹道："亲爱的，你多么英俊潇洒，就跟鲜花一般美丽！你多么正直健壮，多么高贵谦逊！你那蓝色的眼睛多么俊秀，我多么爱你啊！在你我幽会的地方，你那清澈的声音，穿过爱尔兰的森林传来，多么优美动听！从此以后，我再也无法欢笑，再也吃不下东西。就算我今天不会死，不用多久也会躺在你的身边的。这洪流的确很大，可康纳克啊，我的悲伤却比这洪流更大。"

人们聚集在英雄们的尸体旁，问康纳克该怎么处理这些尸体。他命令人们挖个坑，把三兄弟并排放进坑里。

迪尔德丽一直坐在墓边上，不断叮嘱挖坑的人把坑挖得宽敞舒适些。三兄弟的尸体全部放进坑后，迪尔德丽说道：

> 诺亚，我的爱人，到这儿来，
> 让阿登和艾伦挤一挤；
> 如果死者能有任何感知，
> 你们会为我腾出一席之地。

三兄弟的尸体果真这么做了。迪尔德丽跳进坑里，躺在了诺亚身边，刚一躺下就死了。

国王令人把她的尸体抬出坑，埋到湖的另一边。人们遵命，坑填上了。但迪尔德丽和诺亚的坟墓里分别长出了两条冷杉枝，在湖面上相连，打成了一个结。国王派人把枝条割断，可试了两次，也没有成功。正要试第三次时，王后出面制止了他，请他不要做报复尸体这么缺德的事情。

陈亦霄 译　张群 校

奥图尔国王与他的老鹅

呀，我本以为世界各地每一个人都听说过奥图尔国王，谁知道——罢了罢了，人类的无知愚昧不值一提！好了，现在你总该知道有这样一位奥图尔国王了吧。在遥远的古代，他可是位称职的老国王，当年就是他掌管着所有的教堂。你瞧，这位国王可是确有其人，他酷爱消遣娱乐，非常热爱生活。国王尤其热衷于打猎。太阳一升起，他就起床出门，一路翻山越岭去猎鹿。那些日子真是太美好了。

国王身体康健时，还能尽情享乐。可是你瞧，随着时间慢慢流逝，国王也日渐衰老，手脚愈发不灵活。后来，他连年饱受病痛折磨，心力衰竭，再也无法打猎，便完全失去了消遣的兴头。唉，无奈之下，可怜的国王最后只好靠一只鹅来取乐。哼，你尽管嘲笑吧，但我讲的全是事实，的的确确就是靠一只鹅。鹅是这样逗国王开心的：它常在湖里游来游去，还会潜入水中捕鲑鱼，每周五都会为国王献上一顿鱼餐。其余日子，它环湖而飞，让老国王观赏取乐。一切都是那么美好，直到那只鹅也像它的主人一样病弱，再也逗不动他了。这下，可怜的国王彻底消沉了。一日清晨，国王正在湖边徘徊，哀叹命运的残酷，觉得生命里再无乐趣可言，心中起了投湖自尽的念头，想一死了之。就在这时，转角处突然冒出一个身影，一位年轻人向他走来。

"愿上帝保佑你。"国王对年轻人说。

"上帝会好好保佑您的，奥图尔国王。"年轻人说。

"没错。"国王说，"我是国王奥图尔。"国王说，"我是这里的一国之君。"国王说，"但你怎么会认出我来？"国王说。

"哦，这不重要。"圣凯文说。

你瞧，那人就是圣凯文，千真万确——不是别人，正是圣人自己，乔装打扮了而已。他继续说："我知道的可不止这些。奥图尔国王，请容我冒昧地问一句，您的鹅近况如何？"

"别唬我这个老头子了，你怎么知道我有只鹅？"国王问道。

"哦，这不重要，我也是听说而已。"圣凯文回答。

几番交谈过后，国王又问年轻人："你是谁？"

"我只是个老实人。"圣凯文回答。

"好吧，老实人，"国王说，"你靠什么挣钱？"

"让旧物换新颜。"圣人说。

"你是个补锅匠？"国王问。

"不，国王，我不是个补锅匠，"圣人回答，"我的职业可比补锅匠强多了。"他继续说，"如果我能让您的鹅重新焕发青春活力，您意下如何？"

哎呀呀，一听到能让自己的鹅重获新生，老国王惊讶得目瞪口呆，眼珠都快蹦出来了。国王赶忙吹响口哨，那只老鹅就像条听话的猎犬，摇摇摆摆地朝

自己老迈伤病的主人走来,它那副老态龙钟的样子,简直与老国王一模一样。圣人定睛一望那鹅,便说:"奥图尔国王,我会帮您这个忙的。"

"我对天发誓!"奥图尔国王说,"要是你成功了,我就向世人宣告你是七大教区里最聪明的人。"

"哎哟哟,我要的可不止这些,"圣凯文说,"我没那么好的心肠,肯为您白干这活儿。说白了,若我为您效劳,您会赐我何物?"

"你想要什么我就给你什么,"国王回答,"这样总公平了吧?"

"确实公平多了,做交易就该这样。"圣人说,"奥图尔国王,那咱们就这么说定了。我让老鹅重焕青春之后,你愿意将它飞过的土地赐给我吗?"

"我愿意。"国王回答。

"您确定不会食言？"圣人追问。

"君子一言，驷马难追！"国王举了举紧握的拳头，坚定地说。

"君子一言，驷马难追！一言为定。"圣人也说道，"到这儿来！"他转向可怜的老鹅说，"到我这儿来，你这倒霉的老瘸鹅，我会让你变成一只身手矫健的飞鸟。"正说着，我的天呀，圣人一把抓住老鹅双翅将其举起——"在你胸前画上十字圣号，"他念念有词，赐予老鹅神圣的祝福，让它重焕光彩。他把鹅抛向空中——"呼哟！"他朝鹅猛吹一口气，助它一臂之力。这一吹，天啊，那鹅立刻展翅飞了起来，好似老鹰一般，搏击长空，亦如狂风暴雨来临时的雨燕那样，又蹦又跳，尽情欢乐。

哦，瞧这一幕多精彩呀！国王嘴张得老大老大，呆呆地站在那儿，望着自己年迈的老鹅，如云雀一般轻盈飞舞，从未如此充满活力。它停落在国王脚上时，国王轻轻拍了拍它的头，说道："我的小乖乖，你真是全世界的宝贝。"

圣人问国王："您还记得当初是怎么说的吗？"

"天啊！"国王说，"我说人类真有本事，除了蜜蜂，无可匹敌。"

"您就说了这些？"圣人又问。

"我知道，我还欠你一个人情。"国王说。

"那您是否会将鹅飞过的土地全都赐予我呢？"圣人问。

"我会的，"奥图尔国王回答说，"尽管那是我唯一拥有的东西，我还是会给你的。"

"您确定不反悔？"

"永不反悔。"国王说。

"不错不错,奥图尔国王,您能信守承诺真是太好了。"圣人说,"假如您刚才反悔了,您的鹅便会被魔鬼缠身,重回老态。"

国王信守承诺,这令圣凯文十分满意,于是圣人主动向国王亮明真身:"奥图尔国王,您是一个高尚正直之人,我来此只为考验您。我借此化身,所以你认不出我是谁。"

"啊!"国王惊叹,"你到底是谁?"

"我是圣凯文。"圣人回答,在胸前画上十字。

"哦,上帝啊!"国王惊叫,在眼前也画了个十字。他跪在圣人面前,仍不敢相信。"一直在和我说话的,"国王又问道,"果真是伟大的圣人凯文吗?我怎么全然不知,还以为你只是个年轻小伙子——您真是圣人吗?"国王再次

惊讶地问道。

"是的。"圣凯文回答。

"上帝啊,我还以为自己只是在和一个正派的小伙子交谈呢。"国王说。

"呵呵,那您现在知道了,我就是圣凯文,最伟大的圣人。"

就这样,国王重获了一只充满活力的鹅,供自己消遣欢娱,而圣人在得到国王的土地后也继续给予他帮助,直到国王去世——这是不久之后发生的事。那一天是星期五,可怜的老鹅照常在湖里捕鱼,没想到这次竟看走了眼,错把一条奸猾的水妖当成了鲑鱼。老鹅非但没能捕回鱼儿为国王佐餐,反倒被这妖怪杀死了。水怪真是可恶,可它没有把鹅吃掉,因为它不敢食用受圣凯文赐福的东西。

张蒙 译 张群 校

杰克与他的伙伴们

很久以前,有一位贫穷的寡妇,与儿子杰克相依为命。这样苦命人的故事,人们经常能听到。一年夏天,干旱肆虐,母子俩发愁,土豆还没有成熟,不知如何度日。一天晚上,杰克对母亲说:"妈妈,我要出门去闯一番事业。你给我烤个面包,再杀只鸡,让我带着路上吃。假如我发财了,您别担心,我会立马赶回家与您一同分享。"

母亲照他说的,又是烤面包,又是杀鸡。天刚蒙蒙亮,杰克便踏上了旅程。母亲把他送到院子门口,对他说:"杰克,我现在给你两个选择:你假如想要半个面包、半只鸡,我就祝福你;你若是想要整个面包、整只鸡,那我就会诅咒你。你选哪一个?"

"噢,妈妈!"杰克说,"您为什么要问我这个问题?您当然知道我不可能要您的诅咒。"

"好的,杰克,"母亲说,"既然这样,你把吃的全部带走吧,再带上我千万个祝福。"母亲站在院子的栅栏边,默默地祝福着杰克,直到儿子消失在视野中。

杰克一路走啊走,遇到一户又一户人家,但没有一家农户想雇男仆。正当他疲惫不堪时,发现前方有一片沼泽,一头可怜的毛驴陷在泥潭里,正抖耸肩膀,拼命挣扎,试图爬上旁边的一个大草堆。

"嘿哟,亲爱的杰克,"毛驴叫道,"快救我出来吧,不然我就要淹死啦!"

"没问题。"说着,杰克便捡起一块块大石头和草皮,往烂泥里扔。终于,毛驴脚下的地变得坚硬起来,毛驴得救了。

"谢谢你,杰克!"一踏上坚硬的土地,毛驴就对杰克致谢,"我会竭尽所能来报答你。你要去哪儿?"

"嗨!我要去闯一番事业,不闯出个模样来绝不回家。愿上帝保佑我!"

"你要是乐意,"毛驴说,"我想与你一起闯荡。谁知道呢,也许我们会走大运的!"

"我非常乐意。天色不早了,我们赶紧上路吧。"

他们穿过一座小村庄,看到一群小男孩正在追猎一只尾巴上系着水壶的小狗。可怜的小狗跑到杰克面前求救。见此情景,毛驴一声怒吼,那群小毛孩儿吓得掉头就跑,就像后面有大孩子在追打他们似的。

"杰克,愿你的本事越来越大。"小狗说,"我非常感激你!你和这头毛驴要上哪儿?"

"我们要去闯一番事业,不闯出个模样来绝不回家。"

"我要是能和你们同行,会感到非常自豪!"小狗说,"这样可以摆脱那帮坏小子。"

"好吧好吧,把尾巴甩到我臂上,我们一起走吧。"

杰克一行走出小镇,来到一面古墙前。他们坐下休息,杰克拿出面包和鸡肉,与小狗分着吃,毛驴吃的是一堆蓟草。他们边吃边聊。突然,一只可怜的饥肠辘辘的小猫出现在面前。它凄惨地"喵喵"叫着,听了让人心疼不已。

"自打吃早饭以来,你好像到过九户人家找吃的。"杰克说,"喂,这儿有根骨头,上头还有点儿肉。"

"愿你子孙后代永远不饿肚子!"小猫说,"谢谢你在我最需要帮助的时候给予我关怀。容我冒昧地问一句,你们这是要上哪儿?"

"我们要去闯一番事业,不闯出个模样来绝不回家。你愿意的话,可以和我们一起去。"

"谢谢你,我真是求之不得。"小猫说。

他们再次出发,地上的树影子比他们的身子还要长三倍。突然,路边的田里传来一阵很响的"咯咯、咯咯"声,一只狐狸从沟里蹦出来,嘴里还叼着一只漂亮的黑公鸡。

"嘿!你这该死的坏蛋!"毛驴一声怒吼,声震如雷。

"好狗狗,快去咬它!"杰克说。话音未落,小狗就像条凶猛的野狗一般冲了上去。狐狸立马丢下嘴里的战利品,像是吐出一块烫嘴的土豆,"嗖"的一下就跑得没影了。可怜的公鸡扑腾着翅膀,在杰克和他的伙伴们面前不停地颤抖。

"天哪,伙计们,"公鸡说,"我真是太走运了,竟然能遇上你们这帮恩人!我一定会记住你们的大恩大德,你们要是遇到什么困难,我一定效犬马之劳。你们一行是要上哪儿?"

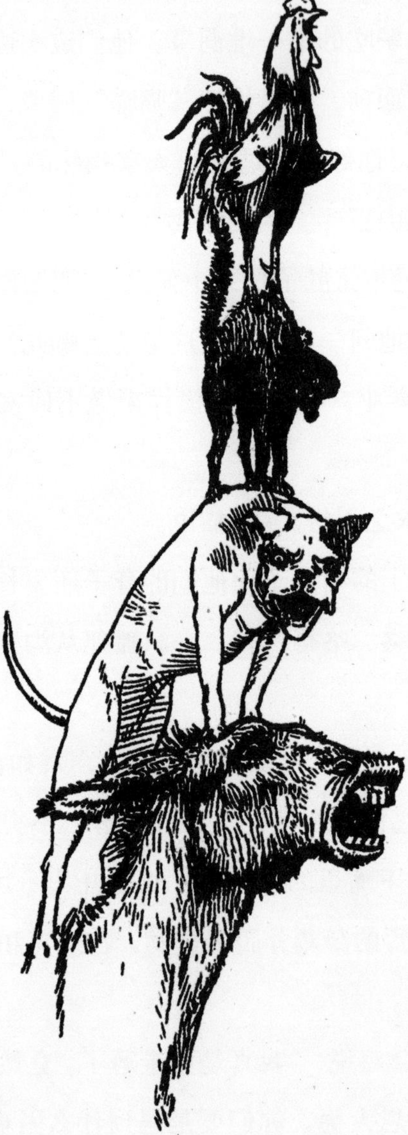

"我们要去闯一番事业,不闯出个模样来绝不回家。你愿意的话,可以和我们一起去。若是脚走累了,翅膀扇累了,你可以坐在毛驴屁股上歇息一下。"

队伍继续出发。这时,太阳已经落山。他们四处寻找落脚的地方,可连农家小屋的影子也没见着。

"嗨,"杰克说,"这次倒霉,下次就会走运的。毕竟现在还是夏夜,天气暖和着呢,我们进树林里,以草为床吧。"

说干就干,不一会儿,他们便安顿好了。杰克舒展身子,躺在一堆干草上,毛驴躺在他身旁,小狗和小猫蜷睡在毛驴温暖的膝窝下,公鸡则栖息在邻近的一棵大树上。

大家睡得正酣的时候,公鸡突然发出一声啼鸣。

"黑公鸡你真讨厌!"毛驴气呼呼地说,"你搅了我的好梦!我刚要品尝一捆从未吃过的美味干草!你这是怎么啦?"

"天亮了呗,你没瞧见那边的光亮吗?"

"我倒是看见了,"杰克说,"不过,那是烛光,不是阳光。既然大家都醒了,还是过去瞧瞧,看有没有能借宿的地方。"

于是,他们活动活动身子,抖擞精神。一队人越过草地,跨过巨石,又穿过荆棘,来到了一个小山谷。亮光就是从这里发出的,里面还传来一阵阵歌声、笑声和咒骂声。

"轻点儿,伙计们!"杰克提醒道,"大家都踮起脚尖走,咱们探个究竟,看看里面到底是群什么人。"

他们蹑手蹑脚地走近窗户,往里一瞧,原来是六个强盗,身上佩戴着各种

武器，有手枪，还有弯刀。强盗们围坐在桌子旁，吃着烤牛肉、烤猪肉，喝着各色美酒，有加了香料和糖的热啤酒、红酒，还有威士忌和潘趣酒。

"在邓拉温勋爵家干的这一票真是太漂亮了！"一个嘴里塞满食物的丑贼说，"要不是那位好心的看门人帮忙，我们不会抢到这么多金银财宝！祝看门人身体健康！"

"祝看门人身体健康！"强盗们一起高喊。杰克朝他的伙伴们摆摆手，示意大家靠过来。

"伙计们，大家靠紧点儿，"杰克小声说，"注意听我的指令。"

于是，大家各就各位。毛驴把前蹄搭在窗台上，小狗跳到毛驴头上，小猫站在小狗头上，公鸡呢，立在小猫头上。杰克一个手势，它们立刻发疯似的大叫起来。

驴子怒吼："咿喔！咿喔！"小狗狂吠："汪汪！汪汪！"小猫尖叫："喵！喵！"公鸡啼鸣："咯喔！咯喔！"

"弟兄们，举起你们的手枪！"杰克大喊，"把他们打成碎片，一个活口也别留！瞄准，开火！"

一听这指令，杰克的伙伴们又发出一阵惊天动地的叫声，把每一块窗户上的玻璃都震得粉碎。六个强盗吓得魂飞魄散。他们赶紧吹灭蜡烛，推倒桌子，飞速冲向后门，夺路而逃，就像赶着去做什么急事似的。他们一路狂奔，一口气跑到了密林深处。

杰克和伙伴们走进屋子，关上护窗，点亮蜡烛，尽情吃喝。酒足饭饱后，他们躺下休息。杰克睡在床上，毛驴睡在马厩里，小狗睡在门垫上，小猫睡在

火炉旁，公鸡睡在房梁上。

强盗们起初还暗自庆幸，能找到森林里这个安全的避难所。可是没过多久，他们便心里窝火。

"这湿乎乎的草地哪比得上我们那间暖乎乎的屋子啊。"一个强盗抱怨起来。

"我还狠心丢下了一只美味猪脚呢。"另一个说。

"最后那一大杯酒我一口都还没喝呢。"又一人说道。

"最糟糕的是，邓拉温勋爵家的全部财宝都落下啦！"最后一个人说。

"我想还是冒险回去一趟，"强盗头子发话了，"看能不能拿回点儿什么。"

"真是条汉子！"众人齐声称赞。于是，强盗头子折回了小屋。

屋里的灯全灭了，强盗头子只好摸黑走到火炉旁准备生火。这时，小猫倏地一跃，跳向他的脸颊，又用牙齿咬，又用利爪抓，痛得他一声惨叫。他好不容易才甩开小猫，摸索着来到房门口，想要找根蜡烛，可一不小心踩到了狗尾巴。这一来，他的手臂、小腿和大腿，被狗咬得到处是牙印。

"这么多杀人魔王！"他尖叫道，"我真希望自己快点儿离开这座厄运之屋！"

强盗终于摸到了临街大门。突然，公鸡跳下房梁，落到他肩上，锋利的爪子乱抓，尖利的嘴乱戳。猫狗的抓咬纵然厉害，但与公鸡比起来，猫狗留下的只不过是些皮肉伤罢了。

"啊，你们这群冷血家伙！"他刚喘过气，就骂了起来。他跟跟跄跄，晕头转向，屁股对着马厩摇摇晃晃地跌了进去。谁知那头毛驴对准他的屁股狠狠地踢一脚，不费吹灰之力就把他踹到了粪堆上。

强盗醒来之后,挠挠头,回想刚才发生的一连串遭遇。发现双腿还能动弹,他立刻往外爬,拖着双脚向森林挪去。

"嘿!嘿!"强盗头子一回来,便听到手下们大声问他,"怎么样,走运不?"

"还走运呢,"他回答,"走了一通霉运。哎哟,你们谁能帮我铺一层干草垫啊?把恩尼斯科西镇上的所有膏药都拿过来,也不够贴我的伤口和乌青。唉,你们哪里知道,为了你们,我受了多大罪啊!我刚走到厨房的炉火旁,想找块燃着的草皮点火,谁料到有个老太婆正在织亚麻。你们瞧,我脸上这些抓痕就是她的梳棉机留下的。我飞奔到房门,谁知摔在了一个补鞋匠的屁股上。他一手持尖钻,一手拿破鞋,往我身上又是戳,又是打。我要是撒谎,你们尽管叫我骗子好了。然后,我想方设法摆脱了他,可就在我穿门而过时,肯定是魔鬼亲自出马,朝我猛扑过来。他的爪牙犹如两英寸长钉,利爪飞舞,利齿乱咬,翅膀还一阵乱扇。我真是倒霉透顶,挡了他的路!唉,后来我跑进马厩。在那里,像受礼似的,一把大锤猛地把我击出半英里开外。你们要是不相信,大可以自己过去瞧瞧,看看我到底有没有说谎。"

"哦,可怜的老大,"手下说,"我们怎么可能不相信你呢。赶快带上我们,远离那座倒霉的屋子吧!"

第二天一早,阳光还未照在杰克的紧身短衣上,杰克和伙伴们就已经起床,准备就绪了。靠着前一晚剩的食物,吃了一顿丰盛的早餐,然后大家一致同意,出发前往邓拉温勋爵的城堡,将金银财宝物归原主。杰克把财宝塞进两个麻袋里,让驴子驮在背上,然后一行人启程上路。他们时而穿越沼泽,翻山越谷,时而走在黄色的大路上。一路跋涉,终于来到了邓拉温勋爵家门口。瞧瞧,站在那儿的是谁,他穿着白色长袜、红色裤子,油头粉面,趾高气扬——那人不是别人,正是那个奸诈的看门人。

看门人上下打量着这群来访者,然后对杰克说:"我说,好伙计,你来这儿干什么?这里可没有供你们这些人待的地方。"

杰克回答:"我们想要的东西,我相信你一定给不了,那就是最起码的礼节。"

"去,走开!你们这群懒惰的流浪汉!"看门人说,"除非猫能舔到自己耳朵,不然我就放狗咬你们了。"

"你能说说,"站在毛驴头上的公鸡问道,"那天晚上是谁为强盗打开了方便之门?"

啊!看门人的脸涨得通红,差点儿就把衣服上雪白的褶边给染红了。邓拉温勋爵和他漂亮可爱的女儿,对看门人的所作所为毫不知情。他们站在客厅窗边,探头向外张望。

"巴尼啊,"主人说,"这位头戴红梳的先生提的问题,我倒是很想听听你的回答。"

"哦,我的大人,您别相信这个无赖的鬼话,我当然没有给那六个强盗开门啦。"

"那你又是怎么知道一共有六个强盗的呢,你这无辜的可怜虫?"勋爵问道。

"算了,阁下,"杰克说,"您的金银财宝全都在那麻袋里了,我们从阿斯萨拉克森林一路长途跋涉,把它送回来,相信您一定不会吝啬给我们一顿晚餐

吃，给几张大床睡吧？"

"真是的！我怎么会吝啬呢！只要我还有能力帮助你们，你们谁也不会过穷苦日子了。"

于是，每个人都受到了热情款待，个个称心如意，毛驴、小狗和公鸡在农家院子里有了一席之地，小猫有了自己的厨房。勋爵亲自招待杰克，给他从头到脚换上一身漂亮的衣裳。衣服的褶边洁白如雪。勋爵还给杰克别上胸针，挂上怀表。晚上，大家围坐用餐时，女主人觉得杰克身上有天生的绅士气质，勋爵便决定让他做自己的私人管家。后来，杰克把母亲接了过来，在城堡附近安顿得舒舒服服。如你所愿，每个人都过上了幸福、快乐的生活。

张蒙 译　张群 校

甘农和盖尔的故事

希·恩·甘农早上出生,中午起好名字,晚上便去拜见爱尔兰国王,要娶国王的女儿为妻。

"我可以把女儿嫁给你,"国王说,"但是你必须带回我想要的消息,告诉我为什么格鲁盖奇·盖尔不笑了,否则别想娶她。盖尔以前总喜欢笑,笑得可响了,能响彻整个世界。我的城堡后面有一座花园,那里有十二根长铁锥,其中十一根上插着各国王子的头颅。他们都曾来向我的女儿求婚,并去寻求我要的答案,不过全都空手而归,不能告诉我为什么格鲁盖奇·盖尔不再笑了。于是,失败而归的他们全被我砍了脑袋,恐怕你的脑袋就要插在那第十二根长铁锥上了。你要是不能告诉我格鲁盖奇不笑的原因,我就照此办理,砍了你的头。"

甘农没有说话,他离开国王去找盖尔不笑的原因。

他翻山越岭,赶了一整天的路,一直走到夜幕降临。他走进一座房子,房子的主人问他是谁,他回答说:"一个找工作的年轻人。"

"好吧,"主人说,"我本打算明天去找一个人来看牲口。如果你愿意为我工作,我会提供给你舒适的住所、世上最美味的佳肴,还有柔软舒服的床铺。"

甘农接下了这份工作,并享用了晚餐。然后,主人说:"我叫格鲁盖奇·盖尔。既然你已经接受了工作,并用了晚餐,我给你一张铺着丝绸的床睡觉吧。"

第二天早饭后,盖尔对甘农说:"现在你去解开拴着五头金牛和无角兽的绳子,把它们赶到牧场上去吧。但是你在草地上放牧的时候,注意不要让它们靠近巨人的领地。"

这位新上任的牛倌把牲口赶到了牧场上。快走到巨人的领地时,他看见那里森林密布,四周围着高高的围墙。他走过去,背靠墙面往里面顶,墙面破了一个大洞。甘农走进去,又向外顶了一下,墙上的洞更大了。然后,他带着五头金牛和无角兽,走进了巨人的领地。

他爬上树,摘苹果吃。甜的他留下吃,酸的就丢到地上,给树下的牲口吃。

不久,树林里传来一声巨响。响声之大,把小树都震弯了,把老树都震断了。牛倌环视四周,看见一个五头巨人正穿过树林,不一会儿就来到了他面前。

"可怜的小东西!"巨人说道,"你也太莽撞了吧,竟敢跑到我的地盘上,给我找麻烦!一口吃掉你嫌太多,分两口吃又太少,真不知道该怎么办,看来只能把你撕碎了再吃。"

"你这可恶的畜生,"牛倌说着便从树上跳到巨人面前,"我才不怕你呢!"说完,两个人便打了起来,打斗声震天动地,全世界人都在举目张望,都在侧耳倾听。

他们一直打到黄昏,这时巨人占了上风。牛倌心想,如果被巨人杀掉,父亲和母亲就再也找不到也看不到自己了,自己也不能娶爱尔兰国公主了。这么一想,他便坚强起来,向巨人猛扑过去,压在巨人身上,挥刀用力一刺,巨人

便跪倒在坚硬的地面上。接着又是一刀，巨人趴倒在地上。第三刀下去，巨人完全倒在了地上。

"终于把你打败了，你现在完蛋啦！"牛倌说道。

牛倌拔出刀子，把巨人的五个脑袋割下来，并取走了五条舌头。然后，他把五个脑袋扔到墙外。

牛倌把舌头装进口袋，赶着牲口回去了。那天晚上，五头金牛产了许多奶水，盖尔家里装牛奶的容器都不够用了。

但是，牛倌在赶牲口回去的同时，提西恩国王子过来取走了巨人的五个脑袋，声称盖尔一旦发出笑声，他就要娶公主为妻。

晚饭过后，牛倌什么都没向雇主透露，而是自己揣着心思，爬到丝绸床上睡觉了。

第二天，牛倌先于雇主起的床。他一开口就问格鲁盖奇："为什么你不再笑了呢？你过去的笑声多响亮呀，整个世界都能听到你的欢乐。"

"我对你失望透了，"盖尔说，"你是为了娶国王的女儿来的。"

"如果你不愿意告诉我原因的话，我就要逼你说了。"说着，牛倌便换上一副凶神恶煞的神情，像是疯了一样，满屋子乱跑，可是除了在墙上找到几条未硝的羊皮绳子外，找不到任何刑具能给盖尔带来痛苦。

牛倌取下绳子，抓住盖尔，把他的头和双脚牢牢地绑在一起，绳子捆得那么紧，盖尔的脚趾都贴在耳朵上了。这时，盖尔不得不开口说："只要你松开我，我就告诉你我不笑的原因。"

于是，牛倌为他松了绑，两个人一同坐下。盖尔说："以前，我和十二个儿子一起生活在这座大房子里。我们一起吃饭、喝酒,一起打牌,日子过得其乐融融。直到有一天,我们正在玩的时候,一只瘦小的褐色野兔匆匆闯进来,跳到壁炉上,把灰尘扬上屋椽就跑了。

"后来有一天,野兔又来了。他要是敢来,我和十二个儿子就准备抓住他。野兔刚把灰扬起来就立刻往外逃。我们在后面紧追不舍,一直追到夜幕降临。这时,他跑进一个峡谷。我和儿子们看见前方透出光亮来。于是我继续奔跑,一直跑到一座房子前。房子里面有一个大套间,住着一个叫'黄脸人'的男人和他的十二个女儿。野兔就拴在墙边,拴在姑娘们的脚下。

"房间里生着火,烤着一口大锅。锅里正煮着一只肥美的鹳。房子的主人对我说:'房间那头有很多捆灯芯草,你和儿子们坐到那上面去!'

"他走进隔壁的房间,取出两支长矛,一支是木头的,另一支是铁的。他问我想要哪一支,我说'要铁的'。那时候我心里想,如果他攻击我的话,铁长矛要比木头的能更好地保护自己。

"黄脸人把铁长矛交给我,让我先去捞锅里的鹳肉。我只捞上来一小块,而他却用木头长矛,把剩下的肉全部捞起来了。那天晚上,我和儿子们只得挨饿,而黄脸人和他的女儿们则一边尽情享用鹳肉,一边把啃得干干净净的骨头扔在我和儿子们的脸上。

"第二天一早,我们准备离开。房子的主人叫我们再等一会儿。他走进隔壁的房间,取出十二个铁圈和一个木圈,对我说:'把铁圈戴在你十二个儿子的脖子上,把木圈戴在你的脖子上。'我回答他说:'我会给儿子们戴上铁圈的,但我自己可不戴那个木圈。'

"他把铁圈戴到我十二个儿子的脖子上，自己戴上了木圈。然后他一个一个地猛拉铁圈，直到把我十二个儿子的头都割了下来。他把十二颗头颅和尸体从房子里扔了出去，但他自己的脖子却一点儿也没受伤。

"他杀死我十二个儿子，又抓住我，把我腰背上的皮肉剥了下来，取下一张在墙上挂了七年的黑绵羊皮，贴在我背上，代替被剥掉的皮肉。后来，那块绵羊皮就长在了我身上。从那以后，每年我都要剪一次背上的羊毛。我脚上的长袜子正是用从我后背上剪下来的羊毛做的。"

说完，盖尔让牛倌看了看后背，上面覆盖着一层厚厚的黑羊毛。

牛倌听了主人的讲述，又看了眼前的情景，说道："我现在知道你为什么不再笑了，这不能怪你。不过，现在那只野兔还来吗？"

"还来。"盖尔回答。

他们俩坐在桌子旁开始玩牌。不久，野兔跑了进来。他们还没来得及拦住，野兔就逃之夭夭了。

牛倌以最快的速度追了出去，盖尔紧跟其后。一直追到夜幕降临，野兔正往一座大房子里面逃。盖尔的十二个儿子正是在这座房子里被杀害的。牛倌一把抓住野兔的两条后腿，往墙上一甩，野兔的脑壳就撞得粉碎。野兔的头盖骨飞进城堡的正房，正好落在房子主人的脚下。

"是谁这么无法无天，竟敢杀死我英勇善战的宝贝儿？"黄脸人大声吼道。

"是我，"牛倌应声回答，"你的宝贝儿要是能懂点规矩的话，也许我就放他一条生路了。"

牛倌和盖尔来到火炉前。正如盖尔第一次走进房间时一样，锅里正煮着一只鹳。房子的主人走到隔壁的房间，取来一支铁长矛和一支木头长矛，让牛倌选。

"我选那支木头的，"牛倌说，"那支铁的你自己留着吧。"

牛倌接过木头长矛，走到锅旁边，用它捞起了几乎全部的鹳肉。锅里就只剩下一点点碎肉了。他和盖尔开始享用美餐，一直吃到天亮。这一次，牛倌和盖尔待在城堡里，就像在家里一样惬意。

第二天早上，主人走到隔壁的房间，取下十二个铁圈和一个木圈摆在牛倌面前，问他选十二个铁圈还是一个木圈。

"我要十二个铁圈做什么呢？对我的主人和我自己一点用都没有。我要那个木圈吧。"

他把木圈戴在脖子上，又把十二个铁圈戴在房主的十二个女儿的脖子上，然后猛拉铁圈，割掉了她们的脑袋。牛倌转身对房子的主人说："你要是不救活我主人的十二个儿子，并让他们恢复强健的体魄，毫发无损，我就割下你的脑袋！"

房子的主人走出去，救活了十二个男子。盖尔看到他的儿子们死而复生，而且安然无恙，就大笑起来，笑声之大，响彻整个东方世界。

牛倌对盖尔说："你这么做可害苦我了，因为一旦爱尔兰国王听到你的笑声，就要把女儿嫁出去了。"

"哎呀！那我们必须立刻赶到现场。"盖尔说。牛倌、盖尔以及他的十二个儿子便以最快的速度离开了。

他们一路狂奔，来到距离国王的城堡三英里的地方，发现那里人山人海，根本无法前行。牛倌说："我们必须挤出一条道来。"

"没错！"盖尔赞同说。他们立即行动，把人不是往左边推，就是往右边推。很快，一条通往国王城堡的道路就打开了。

走进城堡的时候，爱尔兰国的公主和提西恩国的王子正双双跪在地上准备成婚。牛倌抓住新郎，挥起一拳，把新郎打得晕头转向，倒在房间另一个角落的桌子下面。

"是哪个流氓在打人？"爱尔兰国国王问道。

"是我。"牛倌回答说。

"你为什么要打这位抱得公主归的英雄？"

"我才是真正的英雄，他没有资格娶公主。如果您不相信我说的话，格鲁

盖奇·盖尔本人就站在您面前，他会把事情的来龙去脉告诉您，并把巨人的舌头拿给您看。"

于是，盖尔走到国王跟前，讲述了整个故事，从希·恩·甘农怎么成为他雇用的牛倌，看护五头金牛和无角兽，砍下五头巨人的脑袋，杀死会施展魔力的野兔，一直讲到他怎样救活自己的十二个儿子。"另外，"盖尔说，"在这个世界上，我只告诉他一个人我不再笑的原因，也只让他看过我背上的羊毛。"

爱尔兰国国王听了盖尔的一席话，发现五条舌头放进巨人的嘴里正合适，于是要希·恩·甘农跪到公主旁边，当场结为夫妻。

而提西恩国王子则被扔进了监狱。第二天，他就被扔进大火里，烧成了灰烬。

希·恩·甘农和公主的婚礼一直持续了九天，热闹喜庆的气氛不仅没有减弱，反而一天比一天热闹。

崔硕 译　张群 校

诺克玛尼山传奇

在爱尔兰，无论男女老少，谁没听说过名气响当当的爱尔兰大力士，力大无穷、又备受赞颂的菲·麦克库尔？南起开普可利岛，北至"巨人之路"，他的名声响彻大地。说到"巨人之路"，我就马上进入正题讲故事啦。嗯，故事是这样的。菲和他的手下一起在堤坝那里干活，想要建成一座通往苏格兰的大桥。菲深深地爱着妻子欧娜，想要回家探望一下可怜的老婆。他不在家的这段日子里，也不知道老婆过得好不好。于是，他拔起一棵冷杉，砍掉树根和枝丫，做成拐杖，踏上了回乡路。

当时，欧娜，或者说菲吧，家在诺克玛尼山的山顶上。诺克玛尼山的对面是另一座山，叫"库克摩尔"，是它的老表，山高还不及它的一半。

这期间还有一个巨人，名叫库库林。有人说他是爱尔兰籍，也有人说他是苏格兰籍。无论来自哪里，他都喜欢挑战别人，这一点很是烦人。巨人们都不敢出现在他面前。他力大无穷，要是谁激怒了他，他一跺脚，就能把整个村庄震得地动山摇。他可谓是远近闻名。据说，没有人能打得赢他。他一出拳，就能把雷电砸得像薄饼一样扁，然后放进口袋里，等敌人来袭时，拿出来让敌人瞧瞧。毫无疑问，除了菲·麦克库尔本人，爱尔兰所有的巨人都是库库林的手下败将。库库林发誓要日夜兼程，冬不休夏不歇，只要抓住菲，定要给他点儿颜色看看。为了尊重故事的真实性，我多少要补充两句：菲听说库库林正赶往"巨人之路"来找他，而此时的他，念妻心切，心里涌动着的全是对妻子炙热的爱。可怜的老婆啊，他不在的日子里，她是多么的孤独、多么的不安啊！于是，菲就像我之前说的那样拔起冷杉，修剪成一支拐杖，启程前往诺克玛尼山顶，去见心爱的欧娜了。

说实话，大家都十分想知道菲为什么选择住在这样一个狂风呼啸的地方。他们甚至还跑去问过他。

"麦克库尔先生，你把帐篷支在诺克玛尼山的山顶上，"他们问道，"是什么意思？那里日日夜夜、一年到头狂风大作。住在那里，就算不想喝酒，也不得不喝上两口。这是何苦呢？唉，住在别的地方多好啊。还有，那里连饮水都没有，多烦人啊。"

"知道吗？"菲回答说，"自从我长到圆塔那么高以来，大家就知道我喜欢住在风景好的地方。除了诺克玛尼山，哪里还有风景这么好的地方呢？至于饮水问题，我正在往地下安装抽水机。愿上帝保佑。'巨人之路'修好后，我就把抽水机装好。"

好啦，其实菲考虑的可不是这么简单。实际情况是这样的。他之所以把家建在诺克玛尼山的山顶，是为了观察库库林的行踪。这么说吧，要是他想找一个视野开阔的瞭望地点——你知我知就好了，他确实想找这么个地方——那么，除了克鲁伯山、唐纳德山或是库克库尔山，在北爱尔兰这个人杰地灵的地方，

就再也找不到更整洁、更舒适的地方了。

"愿上帝保佑！"菲十分愉快地说道，带着满脸诚恳的表情，走进家里。

"是你呀，菲！欢迎回家见你的欧娜，我最最亲爱的菲！"欧娜用力亲吻了一下菲，亲得那么响，好像震得山脚下的湖水直泛涟漪。你瞧，欧娜多爱丈夫、多心疼丈夫。

菲和欧娜一起快乐地度过了两三天，既觉得日子过得十分舒适惬意，又为库库林的事情担忧不已。这种忧虑在他心中与日俱增。虽然一直藏在心里，可重重的心思还是被妻子察觉了。女人什么时候愿意，就让她自己想办法打探出丈夫心中的秘密好了。菲就是一个例证。

"就是那个库库林，"菲说，"让我忧心忡忡。这家伙要是发起火来，跺一跺脚，整座城都会晃动。大家都知道他能阻止天上的雷电，因为他把砸得像薄煎饼一样的雷电带在身边，谁不信就拿给谁看。"

菲正说着，突然把拇指放进嘴里。每当他想预测未来，或想知道自己不在的时候发生了什么事，他就会这么做。妻子问他为什么要把拇指放进嘴里。

"他来了，"菲说，"我觉得他就在邓甘嫩地区。"

"谢天谢地，亲爱的！这个人到底是谁呀？伟大的上帝！"

"是坏蛋库库林，"菲回答，"我真不知道该怎么办。如果逃跑的话，就会名声扫地，但是我迟早会碰上他的，因为我的拇指已经把消息透露给我了。"

"他什么时候会到？"妻子问。

"明天，大约两点钟的时候。"菲叹了口气。

"那么，亲爱的，别沮丧，"欧娜说，"包在我身上好了，我来用你的经验，

帮助你成功脱险。也许，我做得比你之前做的还要好呢。"

欧娜在山顶升起高高的黑烟，又把手指伸进嘴里，吹了三声口哨，这样库库林就会知道，库克摩尔山在邀请他——这是很久以前爱尔兰人用来向陌生人和游客示意的方式，这样对方就会知道有人欢迎他们，并可以到主人家里吃饭。

菲这时还是忧心忡忡，不知道做什么，也不知道该怎么办。库库林是个很难对付的家伙。一想到之前那个"薄煎饼"的故事，菲就十分气馁。库库林一激动，就能让整个村庄地动山摇，还能把雷电砸成薄煎饼。虽然菲强壮又勇敢，可面对这样一个人，又能剩下多少运气呢？菲真是不知道怎样才能赢了那家伙。他左右为难，进退维谷，不知如何是好。

"欧娜，"他说，"你能不能别管我了？你能有什么办法啊？我这么一个出类拔萃的人，能在你面前抱头鼠窜，然后在族人面前丢脸吗？我怎么才能打得过他呀？这家伙像一座山一样，既能把大地震得左摇右晃，又能不让天空打雷闪电。他口袋里装着的薄煎饼就是以前……"

"放轻松点儿，菲，"欧娜劝丈夫说，"说实话，我真替你害臊。你就别插手了，行吗？说起薄煎饼，或许我们能给他一样东西，这东西跟他身上带的任何东西相比都毫不逊色，就像他带着的雷电饼那么好的东西。要是我招待他的饭菜没有他平时吃的饭菜香，你可以永远别再相信我。我来对付他，你就按我的吩咐做吧。"

菲听了这些话，觉得轻松多了，因为他还是十分信任妻子的。他心里一直很清楚，欧娜曾几次帮助他成功脱险。欧娜取出九种不同颜色的毛线。每当遇到重要的事情，需要寻找良策的时候，她总是这么干。她把毛线分成三组，编

成三根辫子，这样每根辫子就有三种不同的颜色。之后，她把一根辫子搭在右手臂上，一根围在胸前，还有一根绕在右脚踝上。她知道自己一定会马到成功。

一切准备就绪，欧娜派人去邻居家借了二十一个铁烤盘，把它们揉进二十一个面饼中央。然后，她像往常一样，把面饼放在火上烘焙，等烤熟了就搁进食橱。随后，她又倒了一大锅牛奶，做了许多凝乳块和乳清。做好这些准备之后，她心满意足地坐下来，等待库库林的到来。菲靠吮吸拇指预测到，库库林应该会在第二天两点左右到。这是菲的拇指拥有的奇特功能。在这一点上，他和自己的劲敌库库林十分相像。众所周知，库库林拥有的神力，源于他右手的中指。如果他不幸失去中指，他和普通人就没什么两样了，只不过身材魁梧一点儿罢了。

终于到了第二天。欧娜看到库库林正越过山谷，知道可以采取行动了。她马上搬来小床，让菲穿上童装，躺在里面。

"你装作是我们的孩子，"她说，"就这么舒舒服服地躺着吧，别出声，听我指挥就好了。"

正如他们预料的那样，库库林两点左右的时候登门了。"愿上帝保佑！"库库林说道，"著名的菲是住在这里吗？"

"是的，厚道人，"欧娜回答，"愿上帝保佑您——您请坐吧。"

"谢谢您，夫人。"说着，他便坐下了，"我猜您就是麦克库尔太太吧？"

"正是，"她回答说，"但愿我的丈夫没做出什么丢脸的事。"

"没有，"对方回答说，"他被誉为爱尔兰最强壮的勇士。不过，尽管如此，我还是渴望能和他比试比试。他在家吗？"

"哎呀，他出去了。"欧娜答道，"我从来没有看过有哪个男人像他那样怒气冲冲地冲出家门的。好像有人告诉他说，有一个叫库库林的巨人南下去'巨人之路'找他，于是他就启程到那儿抓库库林去了。说实话，我真替那个可怜的巨人担心，希望他最好别碰到菲，要是碰到的话，菲一定会马上把他打成肉酱。"

"嗯，"对方答道，"我就是库库林，找菲已经找了一年了，但他总是避开我。不抓住他，我就昼夜不休。"

听了这话，欧娜大笑起来，笑声里充满了鄙视。她轻蔑地看了一眼库库林，似乎他不过是个无赖而已。

"您见过菲吗？"她问，又彬彬有礼起来。

"怎么可能呢，"他答道，"他总是想方设法避开我。"

"我想也是这样。"她回答说，"我也是这么判断的。如果您肯接受我的劝告，可怜的人儿，还是日夜祈祷不要看到他才好，因为无论何时您见到他，肯定没有好日子过了。说话这工夫，风一直拍打着门。您也一定觉察到了吧。既然菲不在家，出于礼节，您能帮我把房子转个方向吗？菲在家的时候，都是他干这活儿。"

库库林即便是巨人，听了这话也是大吃一惊。不过，他还是站了起来，用力拉了拉右手的中指，三次发出"咔咔"的响声。随后他走到门外，抱住房子，按欧娜的要求把房子转了过来。菲看了吓出一身汗。但是，凭借女人的智慧，欧娜丝毫没有畏惧。

"哎呀，"她说，"既然您这么有礼，能不能再帮我们一个忙呢？菲在家的

时候都是他来做的。您看，连续干旱，这里供水困难。菲说，山后岩石下有个地方，有一口很不错的泉眼，他本打算把岩石弄碎。可听说了您的事，他就怒气冲冲地离家走了。他可从来没想到有人会向他发出挑战，于是气愤至极。如果您能试着找找泉眼，我将不胜感激。"

欧娜带着库库林来到山下。那里有一整块实心岩石。观察了一会儿，库库林拽了九下右手中指，然后弯下腰，两手一用力，石头裂开了一道约四百英尺深、四分之一英里长的缝。从那以后，这条裂缝就被命名为兰姆福德峡谷了。

"进屋吧，"欧娜说，"请用一点儿我们准备的粗茶淡饭吧。尽管菲和您势不两立，却不肯在自己家里怠慢您。事实上，他不在家的这段时间里，要是我没好好招待您的话，他肯定要不高兴的。"

于是，欧娜把库库林请进门，拿出六块之前做好的饼、一两罐奶油、一片煮熟的熏咸肉以及许多卷心菜，摆到他面前，请他尽情享用。据说这种习俗早在土豆问世之前就有了。库库林把一块饼放进嘴里，刚咬了一大口，就发出雷鸣般的响声，像是咆哮，又像是号叫。"该死的！"他大声吼道，"怎么搞的？我掉了两颗牙！你给我的是什么面饼啊？"

"出了什么事？"欧娜镇静地问道。

"什么事！"库库林大叫，"这是什么话！我最好的两颗牙都硌掉了。"

"哎呀，"欧娜回答说，"那是菲吃的面饼——他在家只吃这种面饼的。不过我确实忘了告诉您，除了他和小床上的孩子之外，谁也吃不了这种面饼。可我原以为，既然传说您是个小个子勇士，或许您也能吃的。我没想过要冒犯一个自以为可以挑战菲的人。这儿还有一块，这一块也许没有刚才那块硬吧。"

库库林饥饿难耐,便又吃起第二块饼来。他立刻又号叫起来,声音比刚才的还要响一倍。"该死的!"他吼道,"把你的饼拿下去吧,不然我的牙齿就要全部硌光了。这一次我又硌掉两颗!"

"好吧,厚道人,"欧娜回答道,"如果您没法吃的话,小声说就好了,别吵醒了小床上的孩子。瞧瞧,他被吵醒了。"

这时,菲装成小孩尖叫了一声,吓了库库林一大跳。

"妈妈,"他说,"我好饿——给我点儿东西吃。"欧娜走过去,递给他一块里面没有放铁烤盘的饼。看到库库林在吃东西,菲也感觉到饿了。他三口两口就把饼吞了下去。库库林见了,惊得目瞪口呆,心里默默地感谢命运,庆幸自己没有碰上菲。他自言自语地说:"菲能吃下这种饼,他的儿子还在睡小床,居然也能在我面前大口大口地吃下这种饼,这种人我根本没机会打败他。"

"我想看看小床上的孩子。"库库林对欧娜说,"和您说吧,一个孩子居然能消化得了这种食物,真是了不起,将来必定是栋梁之材。"

"衷心感谢您这么说,"欧娜答道,"起来吧,亲爱的,为这位小个子的好心人露两手吧。当心,别丢你父亲菲·麦克库尔的脸。"

因为当时情景所需,菲尽量穿得像个小孩子一样。他从床上爬起来,带库库林来到外面。"你力气大吗?"他问道。

"真是声如洪钟!"库库林惊呼,"一个小孩子竟然有这么洪亮的嗓音!"

"你力气大吗?"菲又问了一次,"你能从那种白色的石头中挤出水来吗?"他一边问,一边把一块石头放进库库林手里。库库林挤了又挤,可只是白费力气。

"啊，你这可怜的家伙！"菲说道，"你还算个巨人吗！把石头给我，让你看看菲的儿子的能耐，这样你也许就能估计出我爸爸有多大本事了。"

菲拿起石头，偷偷换成凝乳块，用手一挤，水一样透明的乳清像阵雨一般落了下来。

"我要进屋了，"菲说，"回到床上去。吃不下我爸爸的食物，从石头中也挤不出水来，这种人我不愿意和他浪费时间。我的天啊，你最好在我爸爸回家之前赶快走开。要是被他抓住了，说得好听一点儿，不用两分钟，你就会被他打趴在地。"

库库林看到这一切，心里也同样清楚。他非常害怕菲回来，两条腿吓得直哆嗦。于是，他急忙向欧娜告别，并向她保证，从今以后再也不想听到菲的消息，更不想遇见菲本人。"虽然我很强壮，但我真心承认自己不如菲。"他说，"请你转告菲，我会像躲瘟疫一样躲着他的。我尽可能不到这个区域来。"

这时，菲已经回到小床上，安静地躺下了。他高兴得心都要蹦出来了。库库林没有发现自己被耍，正准备离开呢。

"他碰巧不在家，"欧娜说，"这对您来说是件好事，要不然，他会把您喂老鹰的。"

"我心里有数，"库库林说，"他会打死我的。但离开之前，可以让我摸摸菲的儿子的牙齿吗？它们居然嚼得动放了铁盘的饼。"

"当然可以，"她说，"只不过牙齿长在口腔很后面的地方，你得把手指伸进去才能摸到。"

库库林惊讶地发现，一个孩子居然有这么厉害的一副牙齿。不过，让他更

惊讶的是，他从菲嘴里抽出手，忘记拿出那根带给他力量的手指了。他大声呻吟，跌倒在地，身子虚，心里怕。这可正如菲所愿。菲知道，头号仇敌已经任由自己处置了。他走下小床，几分钟之内就把曾经强大的库库林，把长时间以来自己和自己的拥护者的心头之患打死了。最终，凭借妻子欧娜的智慧和良策，菲成功地智取了敌人。若是拼蛮力的话，他准赢不了。

崔硕 译　张群 校

国王的三个女儿

国王休·库鲁查住在蒂尔科纳尔,他有三个女儿——费尔、布朗与特伦布琳。

费尔和布朗都有新衣服穿,每个星期天都会去教堂,而特伦布琳却被关在家中做饭,打扫卫生。她比两个姐姐长得都漂亮,姐姐们担心她先嫁出去,所以从来不允许她踏出家门半步。

这样的生活持续了七年之久。在第七年快结束的时候,埃玛尼亚的王子与大姐相爱了。

一个星期天的早晨,两个姐姐去教堂做礼拜。她们走后,一个养鸡妇人走到厨房找到特伦布琳,说:"今天你不应该在家里干活,你应该去教堂。"

"我怎么能去呢?"特伦布琳说,"我没有漂亮衣服穿去教堂,而且要是两个姐姐看到我从家里跑出去,非把我杀了不可。"

养鸡妇人说:"我给你一件漂亮的衣服,比你两个姐姐见过的所有衣服都要漂亮。现在告诉我你想要件什么样的?"

特伦布琳答道:"我想要一件像雪一样白的衣服,一双像青草一样绿的

鞋子。"

养鸡妇人披上黑色斗篷,从特伦布琳身穿的旧衣服上剪下一块,施展魔法,祈求世界上最白、最漂亮的长裙和一双绿色的鞋子。

得到长裙和鞋子后,养鸡妇人递给特伦布琳穿上。特伦布琳穿戴整齐后,养鸡妇人说:"我这里有一只向蜜鸳,让它坐在你右肩上。还有一只小蜂鸟,把它放在你左肩上。门口有一匹奶白色的母马,配有金色的马鞍和笼头。"

特伦布琳坐上金色的马鞍,正准备出发,养鸡妇人叮嘱她:"绝不能踏入教堂半步。弥撒结束、人们起身的时候,你必须立刻离开,让马以最快的速度赶回家。"

特伦布琳来到教堂门口,里面的人都无法看到她的面容。大家都在猜测这个姑娘到底是谁。看到她匆匆离开,人们从教堂中冲出来,想拦住她,但没成功。她实在是太快了,不等人们接近,她就走远了。离开教堂后,一路上她风驰电掣,就连身后的风也追不上她。

特伦布琳在家门前下了马,进家一看,发现养鸡妇人已经把晚饭准备好了。她脱下白色长裙,一眨眼就换上了之前的旧衣服。

两个姐姐回家后,养鸡妇人问她们:"今天教堂那边有没有什么新鲜事?"

"有件天大的事。"她们说,"我们在教堂门口看见一个高贵美丽的姑娘。她穿的那条长裙我们从来没见其他女人穿过。她的衣服那么漂亮,我们穿的这身根本没法比。当时,教堂中的所有男人,从国王到乞丐,都很想一睹她的芳容,看看她到底是谁。"

两个姐姐都拿到跟神秘姑娘那件相像的长裙时,她们才安静下来,但长裙肩上没有向蜜鸳和小蜂鸟。

接下来的星期天,两个姐姐自己又去教堂,吩咐小妹妹在家里做晚饭。

她们离开后,养鸡妇人走进来问道:"今天你去教堂吗?"

"我想去,"特伦布琳答道,"如果可以的话。"

"你想穿什么样的裙子?"养鸡妇人问。

"我想穿世界上最好看的黑缎长裙、红色鞋子。"

"骑什么颜色的马呢?"

"我想骑一匹又黑又亮的母马,皮毛光亮如镜,可以照出我自己的身影。"

养鸡妇人披上黑色斗篷,施法祈求长裙和母马。刹那间,一切便都有了。特伦布琳穿戴完毕后,养鸡妇人又把向蜜鸳放到她的右肩上,小蜂鸟放在她的左肩上。这次马鞍和笼头都是银色的。

特伦布琳坐上马鞍准备出发时,养鸡妇人告诫她千万不要进入教堂,弥撒结束,人们一起身,她就得马上离开,不能让任何人拦住,立刻骑马回家。

那个星期天,人们更是惊叹不已。跟上一次相比,人们盯着她看得更厉害了。大家都迫切地想知道这个人到底是谁。但是他们依然没有找到机会,弥撒结束,人们刚一起身,她就跳上银色马鞍,朝家里飞奔而去,人们根本来不及拦住她,和她说句话。

养鸡妇人又将晚饭准备好了。姐姐们还没到家,特伦布琳就脱去缎子长裙,换上了自己的旧衣服。

两个姐姐从教堂回来后,养鸡妇人又问:"今天又有什么新鲜事?"

"哎呀!我们又看到了上次那个高贵神秘的姑娘。男人们看到她穿的缎子长裙，都会觉得我们俩穿的衣服简直无法看了。当时，教堂里所有的人，无论贵贱，都目瞪口呆地盯着她看，没有一个人关注我们姐妹俩。"

两个姐姐找到和神秘姑娘的长裙相近的衣服时才安静下来。当然，她们找到的长裙不可能有那件那么好，因为在爱尔兰根本找不出第二件那样的裙子。

又是一个星期天，费尔和布朗穿着黑缎长袍去做礼拜。她们让特伦布琳留在厨房里干活，并且警告她，她们回来时，她必须把晚饭准备好。

两个姐姐走远之后，养鸡妇人走了进来，对特伦布琳说："亲爱的，今天要去教堂吗？"

"如果有新衣服穿，我就去。"

"你想穿什么，我都会变给你的。想穿什么呢？"养鸡妇人问道。

"我想要一件这样的衣服：腰部以下的颜色像玫瑰一样红，腰部以上像雪一样白；还要一件绿色的披肩，一顶装饰有红色、白色、绿色羽毛的帽子；再要一双鞋子，脚趾部分是红色，中间是白色，后面和鞋跟是绿色。"

养鸡妇人再次披上黑色斗篷，施法祈求这些东西。一转眼，所有的东西就出现在眼前了。特伦布琳穿好衣服后，养鸡妇人把向蜜鸳放在她的右肩上，小蜂鸟放在左肩上，并给她戴上帽子，用剪子从特伦布琳头上剪下两绺头发，特伦布琳的头发立刻就变成了世上最美丽的披肩金发。养鸡妇人又问她想骑什么样的母马，她说要一匹白色的，全身点缀着蓝色和金色的斑点，看上去像钻石一般，并且配一副金制马鞍和金色笼头。

母马站在门前，一只鸟儿落在它两耳之间。特伦布琳一坐上马，鸟儿就开始欢唱，一直唱到教堂才停下来。

就这样，神秘姑娘的名声传遍了世界各地，所有王子和名人都在这个星期天慕名来到教堂，大家都盼望弥撒结束后能够把她带回家。

埃玛尼亚王子把大姐早已忘到九霄云外。他守在教堂外，准备在神秘姑娘匆匆离开前截住她。

这一天，教堂比往常拥挤很多，教堂外的人也比以前多了三倍多。由于教堂门前太拥挤，特伦布琳只能进入教堂大门。

弥撒结束，人们刚一起身，她就立刻走出门，跳上金色的马鞍，乘风而去。但是，埃玛尼亚王子当时就站在她身边。他一把抓住她的脚，跟着母马跑了一百多米，直到她鞋子被拽下来，王子才停住脚步，手里拿着鞋子站在那儿。特伦布琳以最快的速度策马赶回家。她一直惴惴不安，害怕自己丢了鞋子，养鸡妇人饶不了她。

养鸡妇人看到她焦急得脸色都变了，连忙问道："惹上什么麻烦了吗？"

"哎呀！我丢了一只鞋。"特伦布琳说。

"没关系，别担心。"养鸡妇人答道，"这也许是你碰到的最好的事呢。"

特伦布琳把东西都还给养鸡妇人，换上旧衣服，回到厨房干活。两个姐姐回到家中，养鸡妇人问她们："今天教堂那边有什么新鲜事？"

"确实有呢，"她们答道，"我们看到那个神秘高贵的姑娘今天又来了，打扮得比以前更加华丽，穿的衣服、骑的骏马，颜色都是世界上最美丽的，而且马的两耳之间还有一只鸟，从她到达一直到她离开，一直在欢唱。神秘女子太美了，男人们在爱尔兰从未见过那么美丽的姑娘。

特伦布琳从教堂离开后，埃玛尼亚王子对其他王子说："我必须得到那个

姑娘。"

他们都说："你不能仅凭扯下一只鞋就算赢得了那个姑娘的爱，必须通过比剑才能得到她。要想拥有她，你必须先和我们搏斗。"

"好！"埃玛尼亚王子答道，"我找到能穿上这只鞋的姑娘后，就会为她而战，绝不退缩，不会轻易把她让给你们任何一个人。"

所有的王子都焦虑起来，急切地想知道鞋是哪个姑娘丢的。于是，他们开始在爱尔兰四处打听，想知道在哪里能找到那位姑娘。埃玛尼亚王子同其他人一道，成群结队地绕着爱尔兰找寻，东南西北，每个地方都找遍了。不管那位姑娘是富是贫，是贵是贱，王子们都不在乎。为了找到能穿上那只鞋子的姑娘，王子们走访了每一个有女人的地方，王国里没有一户落下。

埃玛尼亚王子把那只鞋一直带在身边。年轻的姑娘看到鞋子后都抱有很大希望，因为它尺码适中，既不太大，也不太小，而且没有人知道它是什么材料做的。脚大的姑娘想，要是把自己的大脚趾切掉一些，鞋子就能穿上了。脚小的姑娘则想，如果往袜子里塞些东西，穿上那鞋子就没问题了。这些方法都不足取，因为那样只会伤了她们的脚，没有几个月是没法恢复的。

费尔和布朗听说王子们在爱尔兰寻找能穿上那只鞋的姑娘，她们俩每天都在谈论试穿的事。一天，特伦布琳大声说："也许我的脚能穿上那只鞋。"

"你简直是痴人说梦！你每个星期天都待在家里，哪有资格这么说？"

两个姐姐边训斥妹妹，边等着王子们搜寻到她们家附近。王子们到来的那天，两个姐姐把特伦布琳关在一个壁橱里，紧紧地锁上橱门。当一行人到她们家后，埃玛尼亚王子让两个姐姐试鞋子。她们俩试了又试，但不管怎么试，就是穿不上。

"家里还有其他女人吗？"王子问道。

"有，"特伦布琳在壁橱里大声地说，"我在这儿。"

两位姐姐连忙解释说："哦！她呀，她只是我们家打扫卫生的。"

但是，王子一行人坚持要见她，否则绝不离开。姐姐们没办法，只好打开壁橱的门。特伦布琳出来后，穿上鞋子一试，丝毫不差！非常合脚！

埃玛尼亚王子看着她问道："你就是这只鞋的主人，我就是从你的脚上拿走这只鞋的。"

特伦布琳回答说："你能在这儿等我一下吗？"

说完，她跑到养鸡妇人的家里。老妇人再次披上黑色斗篷，施展魔法，特伦布琳第一个星期天所穿的一切便立刻出现在眼前。老妇人让特伦布琳穿上同样的行头，骑上白马，沿着大路骑到家门前。所有第一次在教堂门前看见她的人都说："这就是我们在教堂看到的姑娘。"

随后，特伦布琳再次离开，回来时骑着黑马，穿着第二次去教堂时养鸡妇人给她的衣服。所有在第二个星期天看见她的人都说："这就是我们在教堂看到的姑娘。"

特伦布琳再一次短暂离开，然后身着第三次去教堂时穿的衣服，骑着第三次的那匹马回到门口。所有第三个星期天看到她的人都说："这就是我们在教堂看到的姑娘。"每个人都非常满意，确信特伦布琳就是那个神秘姑娘。

所有王子和名人都站出来对埃玛尼亚王子说："你要是想带走这位姑娘，先得过我们这一关。"

"我早已准备好了，随时奉陪。"埃玛尼亚王子回答。

洛赫林王子先站了出来。激烈的决斗开始了。他们整整打了九个小时，洛赫林王子终于停下手来，承认失败，怏怏地离开了。第二天，西班牙王子迎战埃玛尼亚王子。激战六个小时后，他也认输走了。第三天，尼尔弗伊王子站出来挑战，搏斗了八个小时后也败下阵去。第四天，决斗持续了六小时，希腊王子同样敌不过埃玛尼亚王子。到了第五天，再也没有其他外邦王子想要挑战了，而爱尔兰本地的王子们又表示，他们不会和同是本地的人决斗。既然外邦的王子们都已经决斗过了，也没有其他人再来争抢这位姑娘，埃玛尼亚王子就理应得到特伦布琳。

婚期定了下来，请帖也发了出去。这场婚宴整整持续了一年零一天。婚礼结束后，王子把新娘带回了家。一年后，一个男孩呱呱坠地。特伦布琳差人去请大姐费尔过来照顾。特伦布琳恢复了身体。一天，王子出去打猎，两姐妹外出散步。当姐妹俩走到海边的时候，姐姐一把将妹妹推到海里。一条大鲸鱼游过来，把妹妹吞进了肚子。

大姐独自回到家，佯装是特伦布琳。王子问她："你姐姐去哪了？"

"她回巴利香农的爸爸家了，我身体已经好了，不需要她再帮忙了。"

王子盯着她答道："哦，我担心是我的妻子走了。"

"不，不是！"她连忙说，"是我的姐姐费尔走了。"

由于两姐妹长相酷似，王子便将信将疑。

这天晚上王子把佩剑放在他俩之间，并说："如果你是我的妻子，这把剑就会变暖，如果不是，这把剑就会一直是冰冷的。"

第二天早晨起床后，王子发现剑跟昨晚放在那儿时一样，依然是冷冰冰的。

两姐妹在海边散步的时候，碰巧有一个小牧童在水边放牧，看到费尔把特伦布琳推进海里。第二天涨潮时，牧童看到鲸鱼游上岸把特伦布琳吐到了沙滩上。她对牧童说："你晚上放完牧回家后，告诉你的主人，昨天是我的姐姐费尔把我推到海里的，一条鲸鱼把我吞进肚子，然后又把我吐了出来，但是下次涨潮时，它会游回来把我再吞下去。之后它会再次随潮水而去，等第二天涨潮时再次游上岸把我吐出来。那条鲸鱼一共要把我吐出来三次。我已经被鲸鱼的妖术缠住了，无法离开海滩逃生。在鲸鱼第四次把我吞下去之前，我丈夫必须救下我，不然我就会永远消失了。我丈夫必须来到海边，在鲸鱼翻身、肚皮向上的时候，用银质子弹射杀它。鲸鱼的胸鳍下面有一个红棕色斑点，我丈夫必须射中那个死穴，那是唯一可以杀死鲸鱼的地方。"

牧童回到家后，特伦布琳的大姐给他喝了一剂遗忘药水，于是，他把特伦布琳嘱咐的事忘到了九霄云外。

第二天牧童又来到海边。鲸鱼游过来，又把特伦布琳吐到海滩上。她问牧童："我交代你的事你告诉主人了吗？"

"没有，"牧童答道，"我忘了。"

"你怎么会忘了呢？"特伦布琳问他。

"房子的女主人给我喝了一剂遗忘药水。"

"好吧，今天晚上不要再忘了。如果她再给你喝东西，千万不要接。"

牧童一到家，特伦布琳的大姐又让他喝东西。他拒绝了，并且把特伦布琳说的话一五一十地转告了主人。第三天，王子拿着装有银质子弹的枪来到海滩，不一会儿鲸鱼就跟前两天一样，游过来把特伦布琳吐到了沙滩上。在鲸鱼被杀死之前，特伦布琳没有能力开口和她丈夫说话。鲸鱼翻过身来，准备随潮水而去。就在这时，它暴露了自己的死穴。王子立刻开枪射击。王子只有一次射击机会，而且射中的把握并不是很大。可他抓住了，一枪就命中了鲸鱼的死穴。鲸鱼痛得死去活来，血把海水都染红了。不一会儿，鲸鱼就死了。

　　鲸鱼一死，特伦布琳马上就能开口说话，一起和丈夫回了家。王子把特伦布琳大姐的所作所为全部告诉了她们的父亲。父亲来了之后，对王子说，他大女儿的生死全由王子定夺。王子回答说，大女儿是生是死，由她父亲来决定。于是，父亲决定把大女儿装进桶里，放进大海，里面装满七年的口粮。

　　不久以后，特伦布琳又生了第二个孩子，是个女孩。王子和特伦布琳把当年那个牧童送进学校读书，像对待自己的孩子一样教育他，并对他说："如果我们的小女儿能活下来，她谁也不嫁，我们就把她嫁给你。"

　　牧童和王子的女儿长大后喜结连理。特伦布琳对她丈夫说："多亏了牧童，不然你根本没机会从鲸鱼那里救下我。所以，我心甘情愿把我的女儿托付给他。"

　　埃玛尼亚王子和特伦布琳总共生了十四个孩子，他们快乐地生活在一起，一直活到很大年纪才离开人世。

王琛颢 译　张群 校

"傻子"杰克

以前有个穷苦的妇人,生了三个儿子。老大和老二心眼多、爱算计,他们管老三叫傻子杰克,觉得他比傻子强不到哪儿去。大儿子在家里待腻了,说要出去找活儿干。离家整整一年后,有一天,他拖着一条腿,一瘸一拐地回来了。他面容枯槁,一脸怒气。歇了一会儿,吃了点儿东西后,他跟家人讲述自己给"倒霉"教区的老吝啬鬼打工的经过。打工协议上写明,任何一方先说后悔,都要从背部、肩膀直到屁股,扯下一层一英寸宽的皮。此外,主人要是先后悔,就要付双倍工钱。如果是仆人先后悔,则一个工钱也拿不到。大儿子抱怨说:"那个奸诈小人,只给我一点儿吃的,却叫我不停地干活,我身体根本受不了。有一次,他问我是否后悔。当时,我气愤至极,禁不住说我确实后悔。结果,我就变成这样,落下终身残疾了。"

穷苦的母亲和她的另外两个儿子都很懊恼。二儿子当即表示,他要去给那个老吝啬鬼打工,要以其人之道还治其人之身,让他也说出后悔,也尝尝自己带给别人的苦楚。他说:"我很想看一看从那个老恶棍背上扯下一层皮的景象!"大家都劝他别去,可怎么也说服不了他。于是,他出发去了"倒霉"教区。

十二个月后,他回来了,跟哥哥一样,也是满脸痛苦、无助的神情。

"傻子"杰克也要去试试,看看自己能不能惩治老吝啬鬼。可怜的母亲苦口婆心,可怎么劝也没能劝住他。他和老吝啬鬼签了协议,一年工钱二十镑,其他条款不变。

老吝啬鬼说:"杰克,如果你拒绝做你力所能及的活儿,我将扣你一个月的工钱。"

"我同意。"杰克说,"但是,如果你让我干一件事,转而又不让我干了,那也要多给我一个月的工钱。"

"我同意。"主人说。

"我要是遵照你的命令行事,你却责怪我,你也要多付给我一个月的工钱。"

"这个也没问题。"

第一天,杰克干活干得精疲力竭,而且吃得很不好。第二天,没等午饭端进客厅杰克就进了屋。这时,人们正在把一只烤鹅从烤肉叉上取下来。杰克眼疾手快,迅速从碗橱里拿出一把刀,切下半个鹅胸、一只大腿、一个翅膀,吃了起来。主人走进来,看见杰克在笃悠悠地闷头大吃,开口就骂。杰克说:"主人,知

道吗？你应该管我吃饱饭。不管这只鹅下落如何，反正我晚饭前不用再吃东西了。你是不是后悔和我签那个协议了？"

主人正准备吼叫说自己确实后悔了，可脑筋一转，改口说："不，一点儿都不后悔。"

"那就好。"杰克回答。

第二天，杰克要去沼泽里踩草皮，午饭肯定赶不回来吃，但没有人为此感觉过意不去。杰克觉得早饭没怎么吃饱，所以就跟女主人说："夫人，我想我现在就应该把午饭吃掉，免得中午从沼泽赶回来吃饭。"

"你说得对，杰克。"说着，女主人拿出一块不错的蛋糕、一条黄油和一瓶牛奶，想着杰克会把这些拿到沼泽地里吃。可杰克并没有离开，而是坐在那儿吃了起来，把面包、黄油和牛奶全都吃完了才停下。

"夫人，"杰克又说，"沼泽泥炭上有块干草地，今晚要是在那儿好好睡上一觉，我就不必来回折腾了，明天就能早早地爬起来干活。所以您也可以把晚饭给我，这样什么麻烦都解决了。"女主人听了，又把晚饭给了他，以为他肯定会拿到沼泽地那边吃。不料他当场就吃了起来，并且吃得干干净净，别人也没办法说他。这回女主人有些吃惊了。

杰克要求见主人，主人满脸憔悴。他对主人说："在我们国家，仆人吃完晚饭，主人一般要求他干什么？"

"什么都不干，直接上床睡觉。"

"噢，好的，先生。"说完，杰克就上了阁楼，脱衣躺下。有人看到了就跑去向主人汇报。主人爬上阁楼。

"杰克,你这个无赖,你这是在干吗?"

"在睡觉呀,主人。夫人给了我早餐后又给了我午餐和晚餐,上帝保佑她。你自己也跟我说,吃完晚饭就要睡觉呀。您是在责骂我吗,主人?"

"是的,你这个混蛋,我是在骂你。"

"先生,那么请您给我一镑十三先令和四便士。"

"给你一镑十三先令和四便士!凭什么?"

"啊,我明白了,您忘了我们之间的协议。您是不是后悔了?"

"是……的话才怪!你睡醒后我会给你的。"

第二天清晨,杰克问今天有什么活儿要干。"你今天到小牧场边上的那块休耕地里种田①去。"大约九点钟光景,主人到地里去察看杰克犁地犁得怎么样了。到那儿一瞧,他看见一个孩子在耕田耙地,犁上的犁刀在草皮上滑来滑去,杰克呢,则在后面扶着犁。

"你在干什么,你这古怪的小偷?"主人骂道。

"干你让我干的呀,我在拼命扶着这该死的犁。我跟这小家伙说了好多遍了,可他还是不停地抽打马,打得马一个劲地往前跑。请你跟他讲讲好吗?"

"不,我不会跟他讲的,我只跟你讲。你这个蠢货,难道你不知道我说犁田耙地,是要让你来干的吗?"

"天哪,那你说清楚啊,真希望你早这么说就好了。你会因此责骂我吗?"

---

① 这里的原文是"hold the plough",实际意思是"种田""犁田耙地",但字面意思是"扶着犁"。杰克跟主人玩起文字游戏来,自己只是扶着犁,并没有犁田耙地,从而巧妙地把主人又耍了一次。

主人正要破口大骂，可立刻止住了，尽管满脸怒气，心里十分窝火，可还是没有半句责骂。

"接着犁吧，像其他农夫那样犁，你这个无赖。"

"你后悔我们的交易了吗？"

"没有，一点儿都不后悔。"

在当天接下来的时间里，杰克像其他农夫一样，好好犁地。

一两天后，主人让杰克去一块田里看管奶牛。那块田里有一半长满了刚出芽的谷物。"你要特别注意，别让那头叫布朗内的牛靠近小麦。这家伙最喜欢捣蛋，其他的都还好。"

约摸中午时分，主人去田里看看杰克干得怎么样。到了地里，他发现杰克脸朝着草地，正在埋头大睡，布朗内呢，则在一棵长满荆棘的树旁吃草，一根长绳子，一头系着它的犄角，一头拴在树上，其他的牛却全部跑到田里，一边四处乱踩，一边吃着绿油油的麦子，杰克的身上落满了牛嚼过的嫩芽。

"杰克，你这个偷懒的家伙！你看看这些牛都在吃什么？"

"您是在骂我吗，主人？"

"是的，我是在骂你，你这个懒鬼！"

"那请您给我一镑十三先令和四便士，主人。您说过，如果我不让布朗内捣乱，其他的牛就会很老实，没什么危害。您看布朗内现在老实得跟只绵羊似的。您是不是后悔雇我了，主人？"

"没，一点儿也没。吃中午饭的时候我会给你钱。现在，你听清楚，剩下的时间里，一头牛也不许跑出田地，也不能跑到庄稼那边。"

"不用担心，主人。"杰克说，心里丝毫也不担心。吝啬的主人心里在想，要是当初不雇杰克就好了。

第二天，三头小母牛走失了，主人让杰克去找。

"我应该去哪里找？"杰克问。

"所有它们可能去、也可能不去的地方都要找。"主人命令。

吝啬的主人吃了教训，这一次每个字都说得非常精准。午饭时，他到养牛场查看，发现杰克只是从农舍屋顶上抱下来一堆堆茅草，填到那些他挖的坑里。

"混账东西，你在干吗？"

"我当然是在找那些可怜的小母牛。"

"它们怎么可能来这儿。"

"我知道它们不大可能来这儿。但是，我先找了它们可能去的地方，牛舍、牧场、周围的田地我都找了。现在，我来这里，到它们几乎不可能来的地方再找找看，我这么做也许您不是很满意。"

"我的确是不满意！你把事情弄得越来越糟，蠢货！"

"先生，请您在吃午饭前给我一镑十三先令和四便士。恐怕您在为雇我而感到懊悔了吧？"

"一镑……哦，不，我不后悔。请你继续往里面填茅草吧，就像装饰你母亲的小屋一样。"

"我发誓，我会尽心尽力干的。"当农夫吃完午饭、走出屋子时，杰克已经把屋顶修好了，而且修得比之前更好，因为他让那个孩子给他递上来的都是新稻草。

主人从房子里走出来，对杰克说："杰克，去找那些母牛，把它们带回家。"

"我应该去哪里找？"

"去好好找，就像那些牛是你自己家的一样。"没到黄昏，小牛们就全部回到围场了。

第二天早晨，主人又说："杰克，沼泽到达牧场的小路太破了，羊群从那里走，每走一步脚都要陷进去，去把那条路修修，修成顺顺当当的羊脚路。"大约一小时后，主人来到沼泽地边上，发现杰克在磨刻刀，那些羊不是站在那儿一动不动，就是在低头吃草。

"你就是这样在修路吗，杰克？"主人问。

"万事都有个开端，主人，"杰克说，"而且好的开端是成功的一半。等我把刀子磨好了，就把每只羊脚切下来，这样您就省心了。"

"切掉羊脚？你这个无赖！干吗要切掉羊脚？"

"我在按您的要求修路啊。您当时不是亲口跟我说嘛：'杰克，去把那条路修一修，修成顺顺当当的羊脚路。'"

"你这个蠢货，我是让你修路，让羊走在上面顺顺当当。"

"很遗憾，您当时没有说清楚，主人。如果您不让我完成这个任务，就请给我一镑十三先令和四便士。"

"去你的一磅十三先令和四便士！"

"祈祷要比咒骂好，主人。也许您是后悔我们的协议了。"

"我确实……不管怎么说，还没到后悔的地步。"

接下来的晚上，主人要去参加一个婚礼。出发前，他对杰克说："我会在午夜时离开婚礼,希望你过来接我回家,以免我到时候喝醉了。如果你来早了,给我抛一个羊眼,我会让他们招呼你的。"

大约十一点的时候,主人正喝到兴头上,突然感到脸上被一个黏糊糊的东西砸了一下。接着,那东西掉在他的玻璃杯边上。他定睛一看,发现是一颗羊的眼球。他无法想象是谁向他抛这个玩意,也不明白为什么要抛给他。过了一会儿,他的另一侧脸又被羊的眼球砸了一下。他十分恼火,但觉得还是先不吱声为好。两分钟过后,他正要张嘴喝酒的时候,一颗羊的眼球正好扔进他的嘴里。他赶紧把东西吐出来,大声吼道:"这家主人,你家有人做出这种恶心的事情,你难道不觉得耻辱吗?"

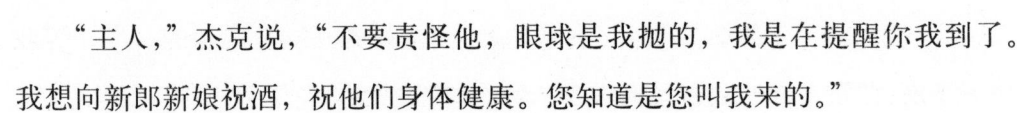

"主人,"杰克说,"不要责怪他,眼球是我抛的,我是在提醒你我到了。我想向新郎新娘祝酒,祝他们身体健康。您知道是您叫我来的。"

"我知道你是个无耻的混蛋!这些眼球你是从哪里弄来的?"

"我还能从哪里弄呀,当然是从你养的那些羊身上挖来得喽。难道你想让我去邻居家挖吗?他们也许会把我扔进监狱的。"

"碰见你这样的人,我真是后悔,真是倒了八辈子霉了!"

"你们可都听到了,"杰克说,"我主人说他后悔碰到我。我的机会来了。主人,请您给我双份工资,然后到旁边这间屋子来,像个体面的绅士一样躺下,我好从你的肩膀一直到屁股上,扯下一条一英寸宽的皮来。"

所有的人都反对这样办,但杰克说:"他就是这样从我两个哥哥背上扯下皮来的,而且一分钱没给,就把他们赶回了家,让他们身无分文地去见他们可怜的母亲,那时候你们为什么不加以阻止呢?"

听到事情的这番是非，大家都急切地想看看杰克怎样惩治主人。主人又叫又骂，可现场没一个人帮他。杰克把他的衣服扒到屁股下面，将他按倒在旁边的地板上，然后抓起刀就准备动手。

"你这个残暴的老恶棍，"杰克边说边用刀子刮地板，"我现在给你最后一个机会。除了我那双份工钱外，再给我二百基尼，用来照顾我那两个可怜的哥哥，这样我就不会撕下你的皮来。"

"不行，"主人嚷道，"我宁愿让你从头到脚割下我的皮。"

"好吧，那我就开始了。"杰克笑着说道。但是他刚割开一个小口子，主人就喊道："不要割了！我给你钱。"

"各位邻居，"杰克说，"你们不要以为我心狠手辣，实际上，我连一只老鼠的眼睛都不忍心挖。那些羊的眼球是我从屠夫那里要来的，我一共要了六个，只用了一半。"

随后，大家又都回到刚才的房间。人们请杰克坐下，纷纷为他的健康干杯。杰克也回敬了各位，祝大家身体健康。然后，六个彪形大汉送杰克和主人回家取钱。主人上楼去取二百基尼和杰克的双份工钱，他们则在客厅等着。杰克回到自己的家里，就像夏日的阳光似的，给身处严寒之中的穷苦母亲和两个残疾哥哥带回了浓浓的暖意。大家再也不叫他"傻子"杰克了，而是叫他"给吝啬鬼剥皮的杰克"。

王琛颐 译　张群 校

穿山羊皮的小伙子

很久以前,恩尼斯科斯的铁炉堡旁住着一个贫穷的寡妇,她十分贫寒,连给儿子买衣服的钱都没有。于是,她把儿子放在炉火旁的出灰口里,将温暖的炉灰堆在他身上。儿子越长越大,她也将坑挖得越来越深。终于有一天,寡妇千方百计地得到了一张山羊皮,就把山羊皮系在儿子的腰间。儿子感觉非常得意,就上街溜达了一圈。第二天早上,寡妇对儿子说:"汤姆,你这个懒鬼,都十九岁的人了,长得人高马大的,可一件正经事也没做过,还在白吃白喝——快拿根绳子到树林里给我弄一捆柴回来。"

"您不用再唠叨了,妈妈,"汤姆说,"我这就去。"

汤姆刚拾好柴,用绳子捆好,没想到一个九英尺高的巨人突然出现在他面前,对着他舔着手中的棍子。汤姆跳到路边,捡起一支山羊矛,一下把巨人打翻在地。

"如果你要祷告的话,"汤姆说,"现在可以开始了,因为我马上要把你打得粉身碎骨。"

"我没有什么要祷告的,"巨人说,"但如果你饶了我的命,我就会把这根棍子给你；只要你远离罪恶，拿着它，你就会赢得每一场战斗。"

汤姆毫不犹豫，放了巨人一马。他拿着棍子坐在柴火上，敲了一下，说："你这捆柴，我好不容易才捡到你，还为你冒了生命危险，你至少要带我回家。"果然，柴火听到汤姆的话，便乘着风，穿过树林，一路上吱吱嘎嘎、噼噼啪啪，来到了寡妇家门口。

所有柴火烧完后，寡妇又叫汤姆去拾。这一次，他要对付的是一个双头巨人。虽然比上次棘手，但汤姆还是打败了他。巨人给汤姆一支横笛，要汤姆放了他。他告诉汤姆，横笛一吹，任何人都会情不自禁地翩翩起舞。这一回，汤姆让柴火跳着舞载自己回家。第三次去拾柴，汤姆遇到的巨人是个帅气的小伙子，长着三个头。和之前的两个巨人一样，他没有祈祷，也没有争辩，就给了汤姆一瓶绿色的油膏，只要涂一下，就不会被烧伤、烫伤，也不会受伤。"从今以后，"他说，"你不会再遇到巨人了。你可以来这里拾柴，直到秋收时的狂欢节，不会再有巨人或仙子来打扰你了。"

这下子，汤姆可骄傲了，就连十只孔雀加起来也没他那么高傲，一到傍晚时分，他就跑到街上溜达。但是，总有一些小男孩，就跟都柏林的下层人那样没有礼貌，冲着汤姆的棍子和山羊皮吐舌头。汤姆非常讨厌他们这副怪样，不过没打他们，否则会显得自己没有教养。有一天，镇上来了个貌似传报员的人。他手上拿着个大军号，头上戴着顶猎人帽，身上穿着件花衬衫。从这身行头来看，他又不像是个传报员。我不知道怎样称呼他——或许叫军号手吧。他对着大家宣布，都柏林国王的女儿心情忧郁，七年都没有大笑过了，国王说，谁要是能让公主大笑三次，就把公主嫁给他。

"这个事我要去试试。"汤姆说。于是他抓紧时间,先是吻别了母亲,又用棍子教训了那帮小男孩,最后沿着雅拉大道,出发前往都柏林镇。

汤姆终于走到一座城门前,却被守卫拦了下来。他们嘲笑汤姆,还冲他破口大骂。汤姆在城门前站了一会儿。后来,有个守卫——按照他的说法,是想开个玩笑——把刺刀往汤姆那边移了半英寸左右。汤姆一手掐住那个守卫的颈背,一手抓牢他的灯芯绒腰带,将他扔进了运河里。其他的守卫们,有的跑去把那个守卫从河里拉起来,有的则举起刀和剑,十分野蛮。汤姆举起棍子,只是轻轻一打,守卫们一个个像倒栽葱似的,不是跌进运河,就是摔倒在石头上。他们立马跪地求饶。

打斗之后,有一个守卫非常热情地告诉了汤姆去王宫庭院的路。国王、王后和公主此时都坐在长廊里,观看各式各样的表演,有摔跤、舞剑,还有舞蹈、哑剧,这些都是用来逗公主开心的。可是,公主美丽的脸上依旧不见一丝笑容。

看见这个高大的小伙子,人们停止了表演。只见这个年轻人一脸稚气,一头乌黑长发,短短的胡须,卷卷的——因为他贫穷的母亲没钱给他买刮胡刀——手臂上满是肌肉;他光着双腿,浑身上下只披着一块山羊皮,从腰间一直垂到膝盖。人群中有个红发男人,想和公主结婚。他满心嫉妒,不喜欢让公主看到汤姆的样子。于是,他走向前来,厉声责问汤姆来王宫做什么。

"我来这里,"汤姆答道,"是为了让美丽的公主大笑三次。愿上帝保佑公主。"

"你看见这里的滑稽演员和武艺超群的剑客了吗?"红发男人说,"他们轻而易举就可以把你打趴下,但是这七年来却没有一个能博公主一笑。"

人群把汤姆团团围住，红发男人说个不停，想让汤姆打退堂鼓。可是汤姆却对他们说，不管什么威胁，他都毫不在乎。他让武士们冲自己来，六个六个上，看看他们到底有什么能耐。

国王因为离人群很远，没有听到他们的谈话，就问红发男人这个陌生人想要做什么。

"他想要，"红发男人回答说，"把您英勇的武士们打得像兔子一样。"

"噢！"国王说，"如果是这样，就让其中一个武士出来试试他的勇气。"

于是，一个武士拿着利剑和盾牌站出来，朝汤姆刺去。汤姆挥起棍子，打在武士的肘上，剑立刻就从他们头顶上飞了过去。紧接着，他又朝武士的头盔重重敲了一下，那人便应声倒在沙石地上。第二个武士站出来，也败下了阵。就这样，一个接着一个，一连六个武士都被打倒在地。汤姆挥舞着棍子，把武士们的利剑、头盔、盾牌全部打落在地，把武士们全部打得落花流水。武士们大喊大叫，说自己被打死了，被打残了，被打伤了，一个个揉着肿起的肘部和屁股，一瘸一拐地离开了。汤姆并不想杀人。精彩的打斗看得公主十分高兴，脸上立刻露出甜美、灿烂的笑容，笑声响得整个庭院都听得见。

"都柏林国王，"汤姆说，"我已经让您的女儿笑过一次了。"

国王不知道自己是该高兴还是伤心。公主笑得脸颊红扑扑的，仿佛心头所有的热血都涌到了脸上。

当天没有再进行打斗。汤姆受邀同王室一起共进晚餐。第二天，红发男人对汤姆说，有一匹狼，大约有一岁的小母牛那么大，夜里总在城墙下号叫，不是吃人,就是吃牛。他说,如果汤姆能把那匹狼杀死,国王一定会心头大喜。

"我愿为国王效犬马之劳!"汤姆说,"派人带我去狼出没的地方,看看它怎样对待一个陌生人。"

公主却不是很开心,因为汤姆这时穿着华丽的衣衫,长长的卷发被一根漂亮的绿色发带束着,看上去像是换了一个人。还有,汤姆才逗笑自己一次。尽管如此,国王还是恩准了汤姆的请求。刚过一个半小时,那匹可怕的狼就出现在王宫的院子里,汤姆肩上扛着棍子,紧随其后,相隔只有一两步,就像一个牧羊人跟在一头娇惯的小羊羔后面似的。

国王、王后和公主在长廊顶端都很安全,但是大臣和法官们却还在大草坪上巡视。看见一匹高大的野狼走进来,他们全都放下手中的活儿,纷纷向房门和城门跑去。野狼舔了舔身上的肋骨,仿佛在说:"这些人够我享用一顿丰盛的早餐啦!"

国王大声喊道:"噢,穿山羊皮的汤姆,快把那匹可怕的狼赶走,你一定会把我的女儿逗得开怀大笑。"

汤姆丝毫没有在意国王的话。他拿出横笛,像是要报复谁一样吹了起来。院子里的老老少少,一个个都翘起脚跟,踮起脚尖,旋转着跳起舞来,那匹狼也不自觉地翘起后腿,和众人一道,跟着曲子跳了起来。许多人都跑进室内,关上了门,这样狼就不会咬到他们。但是,汤姆继续吹着横笛,室外的人继续一边跳舞,一边叫喊。野狼尽管腿疼,也跟着跳个不停,嘴里还不停地号叫。狼的眼睛一直注视着红发男人,他正和其他人一起大喊大叫。不管他走到哪里,狼都紧随其后,一只眼睛死死地盯着他,另一只盯着汤姆,看汤姆何时放松警惕，这样它就有机会吃掉红发男人了。汤姆摇摇头，继续吹着笛子，红发男人也没有停止舞蹈和喊叫。狼也继续跳着、叫着。它太累了，不想双腿站立，只抬起一条腿，另一条腿则平放着。

公主看见没有一个人害怕被狼咬死，又看见红发男人进了屋，她又一次笑出声来。汤姆大声说："都柏林国王，我让您女儿笑了第二次。"

"喂，别管她笑几次了，"国王说，"赶快把野狼赶走，接下来我们再看怎么办。"

汤姆把横笛放进口袋，对坐在地上、累得快要晕过去的狼说："回到你的山里去吧，我的朋友，好好活着。如果在离镇子七英里的地方看到你，我就会……"

他没有说下去，只是向拳头里吐了口唾沫，挥舞了一下棍子。可怜的恶狼很少遭受这等教训。于是，它双腿夹着尾巴，没有看任何人一眼，就向自己住的地方走去。从此，在都柏林，太阳、月亮和星星都再也没有见过它。

吃晚饭时，大家都笑得十分开心，只有狡猾的红发男人一声不响，因为他心里在盘算着第二天怎样除掉可怜的汤姆。

"啊！"红发男人说，"都柏林国王，您多幸运呀！丹麦人在无休无止地骚扰我们，杜斯也和他们一起跑到了勒斯克！如果说有谁能把我们解救出来，这个人一定就是这位穿山羊皮的绅士。地狱的横梁上挂着一把连枷，看见它，无论是丹麦人，还是恶魔，站都站不起来。"

"那么，"汤姆问国王，"如果我把连枷送到您面前，您愿意把公主许配给我吗？"

"不，不要，"公主说，"你冒的危险太大了，我宁愿永远不成为你的妻子。"

但是，红发男人对着汤姆的耳朵嘀咕了一下，刺激他说，如果不去冒这个险，他就会成为一个龌龊的小人。于是，汤姆问通往地狱的路怎么走，红发男人给他指了路。

汤姆走啊走，终于看见了地狱的围墙。敲门之前，他用绿色油膏把自己身上涂了一遍。他一敲门，立刻有一百个小鬼从栅栏中探出头来，问他来这里干什么。

"我有事要找你们这里的长者，"汤姆说，"请开门。"

没过多久，大门"轰"的一声打开了，魔王鞠着躬，一只脚擦着地向后退，迎接汤姆。他问汤姆来这里想做什么。

"没什么大事,"汤姆说,"我来只是想借挂在横梁上的连枷用一用,这样都柏林国王就可以彻底击败丹麦人了。"

"哦,"魔王说,"丹麦人对我可比你们对我好多了,但看在你跋山涉水、远道而来的分上,我不会拒绝你的要求。把连枷拿下来给我。"他一边对一个年轻的小鬼说,一边会意地眨着眼睛。于是,一些小鬼关上门,那个年轻的小鬼爬上横梁,把连枷拿了下来。连枷的把手和把子都是热铁铸成的。小鬼咧着嘴笑,想象汤姆被连枷烫伤手的样子。可没想到,汤姆一点儿也没伤着,连枷拿在他手里,看上去就跟一棵鲜嫩的小树苗似的。

"谢谢!"汤姆说,"现在您能否为我打开大门?我不会再给您添麻烦了。"

"哦,流浪汉!"魔王说,"就这么简单吗?进来容易,想出去可就难了。来人!把他手里的连枷给我拿下来,再给他灌一剂马镫油。"

一个小鬼一听,立刻伸出爪子抢夺连枷,汤姆一下打中他的头,把他的一只角给打断了,疼得小鬼像恶魔一样大声哀号。小鬼们一齐冲向汤姆,汤姆拿着连枷朝他们打去,一下轻一下重,打得他们好久都忘不了疼。最后,年长的小鬼揉着手肘说:"放了这个笨蛋吧。以后谁也不要再放他进来,谁要是放了,不论老少,都会受到诅咒。"

汤姆大步流星地走出门,小鬼们在围墙上冲着他又是叫,又是骂,他一点儿也不在乎。叫声、骂声离他越来越远。回到王宫的草坪时,人们都跑来看他和连枷。汤姆向大家讲述了自己的经历,然后把连枷放在石阶上。为了安全起见,他不许任何人碰它。国王、王后和公主之前待汤姆就不错,现在对他还要好上十倍。卑鄙的红发男人悄悄走过来,想要夺过连枷杀死汤姆。就在手指快

要碰到连枷时,他突然一声吼叫,就好像天要塌下来似的。他手舞足蹈,看上去挺可怜的。他刚能站起来,汤姆就奔过去,抓住他的双手,又是搓又是揉。他还没有反应过来,火辣辣的疼痛就消失了。可怜的人儿,刚才那么痛,现在一下子又舒适了,红发男人脸上的表情甚是滑稽,又像哭又像笑。看得大家忍俊不禁——公主和其他人一样,也笑得前仰后合。汤姆说:"公主殿下,我希望你能把自己托付给我,嫁给我。"

公主看了看父亲,信守诺言,走向汤姆,把两只纤纤玉手放进汤姆粗糙的手里。我多么希望那天我是汤姆啊!

汤姆没有把连枷带进王宫,也没有人再敢靠近它。第二天早起的人们经过连枷旁边时,发现石头上有两条长长的裂缝,那是连枷自焚烧出来的,裂缝有多深,没人说得清楚。中午时分,来了一个使者,他说丹麦人知道连枷来到都柏林后都非常害怕,纷纷乘船逃走了。

啊,汤姆和公主结婚前,我猜他肯定会请人,比如请托梅莱因的帕特·马拉,教自己很多知识,像礼仪、微分、火炮制造和射击、防御工程、十进制分数、策划、三率法①以及与王室交谈的方式等等。他是不是有时间学习科学知识,我不清楚,但我敢确定,他母亲这辈子再也不会缺衣少食了。

徐婉 译　张群 校

---

① 三率法:一种算法,即在成比例的四个数中,根据三个已知数,求第四个数。

李尔王孩子们的命运

一天,爱尔兰的五位国王聚会,决定最高君主的人选。怀特菲尔德山的李尔王认为自己一定能当选,可是贵族们商议后,决定推举达格达的儿子德格,因为他的父亲学识渊博,而他又是长子。李尔不辞而别,离开国王们的集会,回到了怀特菲尔德山的住所。其他四个国王本该追过去,用矛和剑把他刺伤,因为他不肯臣服于德格。不过,德格王没有听从大家的意见,而是说:"倒不

如通过联姻，把他和我们连在一起，这样和平就会永驻这片土地。让他从爱尔兰最美、名誉最好的三个姑娘中挑选一个做妻子。这三个姑娘就是家住阿兰的奥义莱尔的三个女儿，我贴心的三个养女。"

于是，使者带话给李尔，说德格王将把自己三个养女中的一个许配给他。李尔接受了这个建议，第二天便驾着五十辆四轮马车，从怀特菲尔德山出发。来到基拉洛埃附近的雷德埃河时，他看见了奥义莱尔的三个女儿。德格王对他说："从这三个姑娘里选一个，李尔。""我不知道选哪个好。"李尔回答说，"哪个最好呢？大女儿气质最高贵，我就选她吧。""好的，"德格国王说，"奥芙年龄最大，如果你愿意，我把她许配给你。"就这样，李尔和奥芙结成了夫妻，回到了怀特菲尔德山。

婚后，他们生了一对龙凤胎，分别取名芬古拉和奥德。随后又生了两个儿子，分别叫菲奥切拉和康恩。可生两个儿子时，奥芙因难产离开了人世。李尔悲痛欲绝，要不是非常疼爱孩子们，他一定会悲伤而死的。德格王为李尔感到难过，于是派使者去对他说："奥芙去世了，我们非常悲伤，我们也为你感到难过。但我们的友情不会就此中断，我会把奥芙的妹妹阿伊菲许配给你。"李尔表示同意。两人成婚后，李尔把她带回自己的家里。一开始，阿伊菲非常喜欢李尔和姐姐奥芙生的孩子们，对他们疼爱有加。的确，凡是见过这四个孩子的人，都会打心眼里喜欢他们。李尔十分宠爱孩子们，他们总是睡在父亲面前的床上。每天清晨，他都会早早起来，过去和孩子们躺在一起。没过多久，阿伊菲就因为这件事心生嫉妒，开始讨厌、憎恨这几个孩子了。一天，她的四轮马车来接她，她想带李尔的四个孩子一起走。芬古拉不愿意，因为头天夜里她做了个梦，暗示她小心阿伊菲。然而，她还是没能逃脱自己的命运。马车开到奥克斯湖时，阿伊菲对手下说："杀了李尔的四个孩子，想要什么报酬我都会给你们。"手下们都拒绝了，说这个想法太歹毒了。阿伊菲举起剑，想要亲手杀死四个孩子，可她毕竟是一个妇人，没有力气和胆量下手。于是，她逼着孩子们到湖里去游泳，孩子们照她说的做了。他们刚走进水里，阿伊菲用巫师的魔杖击中他们，把他们全部变成了美丽、洁白的天鹅。她说：

滚吧，滚到汹涌的波涛里，王子、公主！
以后人们将在鸟群里听见你们的哭声。

芬古拉答道：

你这个巫婆！我们看清了你的真面目！
你也许能迫使我们在波涛上颠簸，
但有时我们也会在陆岬上休憩；
我们终会被拯救，而你将得到惩罚。
尽管我们身处湖面，
可我们的心至少可以飞向家乡。

接着她又说，"给你的魔法设一个期限吧，你带给我们的痛苦与磨难什么时候才会结束？"

阿伊菲大笑道:"你们永远也不会重获自由,除非南方女人和北方男人结成夫妻,除非来自康那特的莱格冉和来自蒙斯特的德欧变成夫妇。没有任何力量能够把你们变回原来的样子。从今以后的九百年间,你们都要生活在爱尔兰的湖上和小溪里。我只会给你们保留一样东西,就是你们说话的能力,世界上没有任何歌曲能有你们的声音那么甜美。"她之所以这样说,是因为她对自己的邪恶行为后悔不已。

于是,她又说道:

> 从我的眼前消失吧,李尔的孩子们,
> 从此以后你们将餐风宿露,
> 除非莱格冉和德欧结婚,
> 除非你们来到爱尔兰的西北部。
>
> 伟大的勇士李尔,
> 一把背叛的利剑刺穿了你的心,
> 虽然我刺出利剑,
> 但胜利却让我心如刀割。

阿伊菲让手下重新架好马车,继续前往德格王的王宫。贵族们问她孩子们哪儿去了,阿伊菲说:"李尔不放心把孩子们交给德格王。"可德格心里想,她肯定在撒谎,于是派使者到怀特菲尔德山去了解情况。

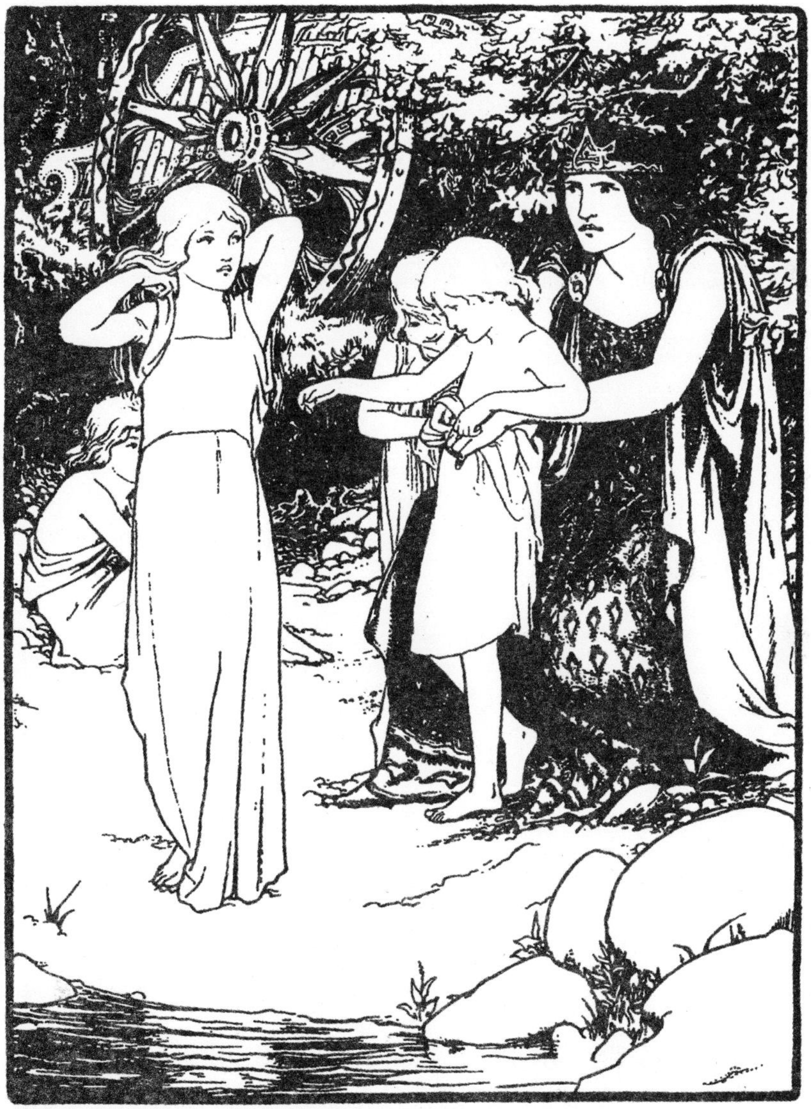

李尔问使者:"你们到这里来有何贵干?"

"来接您的孩子们,李尔。"使者说。

"他们不是和阿伊菲一起到你们那儿去了吗?"李尔问。

"没有呀,"使者说,"阿伊菲说,是您不让孩子们跟她去。"

听使者这么说,李尔满腔悲戚涌上心头,因为他知道,是阿伊菲对孩子们下了毒手,于是立即带人到雷德埃尔湖去寻找。孩子们看到父亲,芬古拉唱道:

> 欢迎疾驰而来的马车队
> 来到雷德埃尔湖,
> 兵精马壮却又垂头丧气
> 一定是来找我们的。

> 啊,奥德,我们赶紧游到岸边吧,
> 菲奥切拉和漂亮的康恩,
> 世界上别人不会拥有这些骑手,
> 只有李尔王才会有这么多的勇士。

说话间,李尔王已经来到湖边。听到天鹅在说人话,李尔王便和天鹅们交谈起来,询问他们是谁。芬古拉回答说:"我们是您的孩子,您的妻子——我们的姨妈把我们变成了天鹅,她因嫉妒心生歹意。"李尔问她:"魔法在你们身上会持续多久?"芬古拉说:"没有人能拯救我们,除非南方女人和北方男人结成夫妻，除非来自康那特的莱格冉和来自蒙斯特的德欧变成夫妇。"

　　李尔和随从们悲痛不已，人人痛苦得又是哭，又是叫。他们一直待在湖边，聆听天鹅们优美动听的歌声，直到它们全部飞走，李尔才启程前往德格王的王宫。他把阿伊菲对孩子们干的好事告诉了德格王。德格命令阿伊菲，要她说出人世间什么东西她最不愿意做。她回答说是风中的巫婆。"那我就把你变成那个巫婆。"说着，德格王挥起魔杖，打了一下阿伊菲，她马上就变成了一个随风漂泊的巫婆。她立即飞走了，至今还是那副巫婆的模样，而且到死都不会改变。

　　李尔的孩子们继续唱着美妙、迷人的歌曲，把米利都人听得个个陶醉不已。在爱尔兰，再也没有什么东西可以和他们的歌声相媲美，能够给大家带来那么多的欢乐。大家总是听到不得不离开雷德埃尔湖为止。

　　接着，芬古拉唱起了一只离别歌：

　　　　再见了，德格王，
　　　　无所不知的学识大师！
　　　　再见了，我们亲爱的父亲，
　　　　怀特菲尔德山的李尔王！

　　　　离别的时刻已经来到
　　　　必须和这里的人们告别
　　　　幕利海峡的急流，

会让我们的羽毛苦涩变咸，

直到德欧和莱格冉结婚。
来吧，不再拥有红润脸色的弟兄们，
让我们离开雷德埃尔湖吧，
让我们和深爱我们的人们悲伤地道别吧。

唱完后，他们展开双翅，轻盈地飞到高空，一直飞到爱尔兰和阿尔阪之间的幕利海峡。

他们的离去，让爱尔兰人悲痛不已。于是，爱尔兰人下了一道命令：从今往后，爱尔兰全境禁止捕杀天鹅。四只天鹅孤独地待在海面上，寒冷、悲伤和后悔包围着他们。一天，一场强烈的风暴向他们袭来。芬古拉说："亲爱的弟弟们，如果风暴把我们拆散了，我们就约定去一个地方会面。"弟弟们说："啊，姐姐，那我们就约在海豹晒太阳的那块石头上吧。"夜里，惊涛拍击着岸边，雷声响彻大地，闪电撕裂天空，暴风雨肆虐海面。狂风暴雨把李尔的孩子们吹得七零八落，吹到大海四面八方。暴风雨过后，大海一片宁静。芬古拉孤身一人，哀声嘶号：

命运折磨我，我却活了下来！
我的双翼已经冻僵。
啊，三个亲爱的弟弟，

啊，我那三个亲爱的弟弟，
他们曾安睡在我的羽翼下面，
今后我和三个亲爱的弟弟
不知道是否还能够活着相见！

芬古拉飞到海豹晒太阳的那块石头上，不一会儿就看见康恩朝她飞过来。他的动作很吃力，全身羽毛都湿透了。菲奥切拉也朝她飞过来，他又冷又湿，十分虚弱。他们都很虚弱，冻得一句话都说不出来。芬古拉把两个弟弟拉到自己羽翼下面，说："要是奥德也能回来，我们就无比幸福了。"没过多久，他们便看见奥德向他们飞来，他的头还是干的，羽毛也很整洁。芬古拉把他拉到自己胸前，又把菲奥切拉和康恩分别放到自己两边的羽翼下面。他们一起唱起哀歌：

我们的继母如此恶毒，
她对我们施了魔法，
把我们变成了天鹅
在北面的大海漂泊。

我们在岸边的礁石上沐浴
用的是波涛拍岸激起的白沫
我们享用的麦芽啤酒
是苦涩的蓝色海水。

一天,他们看见一队骑兵走过来,每个人都骑着纯白色的骏马。待骑兵们走近,他们才发现领头的是德格王的两个儿子。他们一路寻找天鹅们的踪迹,想把消息带给德格王和他们的父亲李尔。"他们都很好,"骑兵们说,"他们生活在一起,很幸福,只是没能和你们在一起。自从那天你们离开雷德埃尔湖后,就再也没有听到你们的音信。""我们过得可不幸福。"芬古拉说,接着哀怨地唱道:

> 李尔一家今晚过得多么幸福,
> 美酒佳肴享用不尽。
> 但是李尔的孩子们——他们命运如何?
> 我们把羽毛当作床单,
> 食物和饮料——
> 则是白沙和盐水,
> 菲奥切拉的床,康恩的居所
> 是幕利的海面,是我的翅膀。
> 奥德睡在我的胸前,
> 我们彼此依偎着歇息。

德格王的儿子们回到李尔的住所,把他孩子们的处境告诉他。

李尔的孩子们又要接受命运的考验了。他们离开幕利海峡,一直飞到埃里斯海湾，在那里住下来，等待下一个命运时刻的来临。他们飞到怀特菲尔德山，发现那里偏远空旷，绿色的山丘上只有荨麻和灌木，没有房屋，没有灶台，也没有住所。姐弟四个紧紧相依，发出悲戚的哀号。芬古拉唱道：

> 唉！看见父亲的住所如此荒凉
> 我的心中充满了悲伤——
> 犬吠无处找寻，
> 妇孺不知何方，
> 英勇的国王，您在什么地方？
>
> 耳边再无号角奏响，山林再无勇士骑猎，
> 灯火通明的大厅何时再办宴会？
> 唉！看这住所的景状
> 他的主人——我们的父亲，是否已不在这个地方？
>
> 我们在流浪的年岁里历尽折磨，
> 饱受了狂风，尝尽了严寒；
> 但最大的痛苦却是现在——
> 住在这房子里的人都不知道
> 这里曾经是我们出生的地方。

李尔的孩子们飞往圣徒布兰达恩的格洛里岛,栖息在比尔德斯湖上,一直住到圣人帕特里克来到爱尔兰,圣人默晃默荷来到格洛里岛。

圣人来到岛上的第一个夜晚,四只天鹅听到了他晨祷的铃声。听到这个声音,他们吓得直跳,三个弟弟离开了,留下芬古拉一个人。"这是什么声音,亲爱的弟弟们?"她问道,"这个声音这么轻,这么恐怖,我们从来没听过。"于是,芬古拉唱起了这首歌:

聆听这牧师的铃声,
展开你们的双翼
感谢上帝,他来到这里,
感谢上帝,让你们听到他的声音,

他将把你们从痛苦中拯救,
带你们离开岩石。
李尔漂亮的孩子们
聆听这牧师的铃声。

默晃默荷降临岸边,问天鹅们:"你们是李尔的孩子吗?""是的。"天鹅们齐声回答。"感谢上帝!"圣人说,"我正是为了你们才走遍爱尔兰岛屿到这里来的。请你们上岸吧,相信我。"天鹅们上了岸,圣人为他们打造了一对闪闪发亮的白色银链子,一条拴着奥德和芬古拉,一条拴着康恩和菲奥切拉。

恰好就在这个时候，康那特的王子莱格冉正要和蒙斯特王的女儿德欧结婚。德欧听到天鹅们的故事，心里顿时充满了情和爱，说除非拥有格洛里岛上的这些神奇天鹅，否则就不会嫁给莱格冉。莱格冉派使者向默晁默荷讨要天鹅，但是被拒绝了，于是莱格冉和德欧亲自来到格洛里岛。莱格冉伸手要把天鹅从神坛上抓下来，可是刚一碰到，天鹅们羽毛就纷纷落下来，李尔的三个儿子变成了三个面色枯槁、身形瘦弱的老人，而芬古拉则变成了一个面无血色、骨瘦如柴的老妇。莱格冉看到这一切，吓得拔腿逃走了。芬古拉对默晁默荷说：

请为我们举行洗礼，啊牧师，
洗净我们的污迹！
今日我看见了我们的坟墓——
菲奥切拉和康恩各躺一边，
我的膝盖上、我的怀中，
是奥德，我俊美的弟弟。

唱完这首歌，李尔的孩子们接受了洗礼，没过多久就死去了。人们按照芬古拉唱的那样埋葬了他们，菲奥切拉和康恩放在她的两侧，奥德放在她的前面。人们又为他们立了一块墓碑，上面用如尼文字刻着他们的名字。这就是李尔王孩子们的命运。

徐婉 译 张群 校

奥凯利和鼬鼠

从前,有个叫作奥凯利的人,住在戈尔韦县图阿莫附近。有一天,他早早起了床,却不知道到底是白天还是夜里,因为皎洁的月光把屋内照得亮如白昼。这天他打算去考厄集市上卖掉家里的那头驴子。

奥凯利走了大概三里多路时,天突然变得很暗,还下起了倾盆大雨。五百码外,他看见有一座大房子,绿树环抱。他自言自语地说,等雨停了就过去看看。走到房子前,他发现门开着,就走了进去。他看见左边有一个大房间,壁炉里的火烧得正旺。他走过去,在墙壁旁的凳子上坐下,打起瞌睡来。就在这时,他看见一只大鼬鼠衔着个黄色的东西朝火堆走过来,把东西往壁炉的石头上一扔就走开了,很快又衔着同样的黄色东西回来了。这一次他看见鼬鼠衔着的是基尼金币。它把金币扔在壁炉石上就走开了。就这样,它进进出出,壁炉上的金币越堆越高。可是最后,它准备拿走扔在这儿的金币时,奥凯利站了起来,迅速抓起所有的金币,塞进了自己的口袋里,离开了那里。

奥凯利还没走几步,就听见鼬鼠从后面追了上来,一面追,一面像风笛一样大声尖叫。鼬鼠蹿到他前面,挡住他的去路,身子又是前伸,又是后缩,想

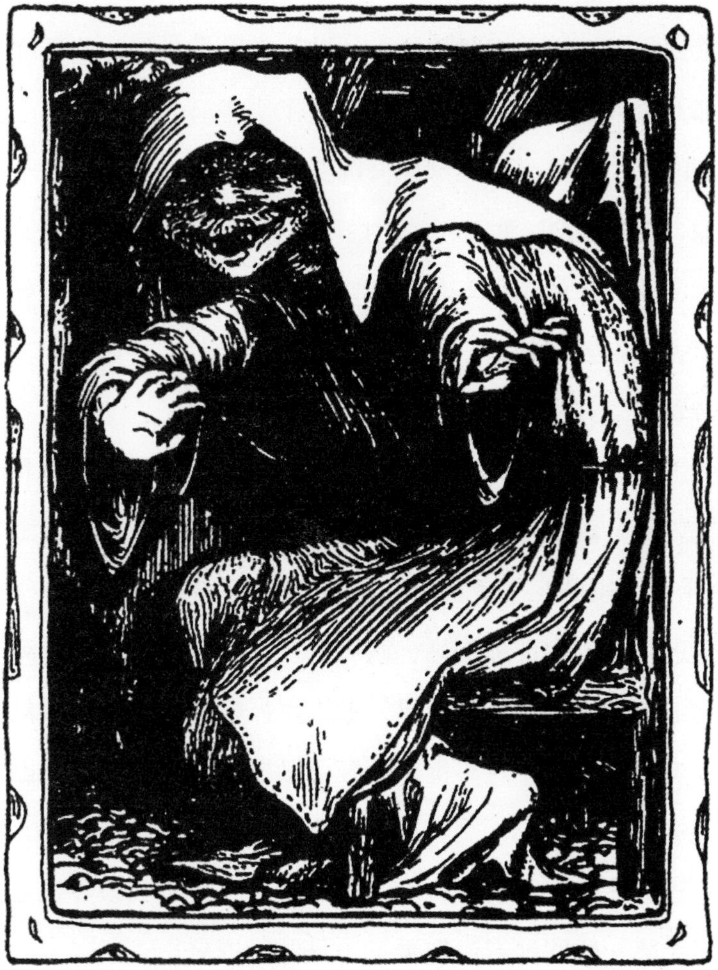

要一把扼住奥凯利的脖子。奥凯利拿着一根结实的橡树枝挡住它。不一会儿，来了两个人，也是去赶集的，其中一个带着一条狗，那条狗很凶，一下子就把鼬鼠吓得钻进了墙洞里。

奥凯利来到集市。揣着卖驴的钱，他并没有像早晨打算的那样回家，而是掏出从鼬鼠那儿抢来的金币，拿出一部分买了一匹马，骑着回家了。走到鼬鼠被狗吓进墙洞的那个地方，只见鼬鼠又蹿到他前面，纵身一跃，一把抓住马的脖子。马一惊，撒腿就跑，奥凯利拦也拦不住，不一会儿就掉进一条大水沟里，里面满是黑水污泥，把他淹得奄奄一息，喘不过气来。这时，幸好从戈尔韦方向走过来几个人，把鼬鼠赶跑了。

奥凯利带着马回到家，把它放进牛棚里，就睡觉了。

第二天早上，奥凯利一大早就爬起来准备去喂马，喂它干草和燕麦。可刚走到门口，他就看见鼬鼠从牛棚里出来，浑身是血。

"你这个千刀万剐的！"奥凯利骂道，"又干了什么坏事？"

奥凯利走进牛棚，发现那匹马、两头奶牛，还有两只小牛都死了。他跑出牛棚，放开狗追咬鼬鼠。狗抓住鼬鼠，鼬鼠也抓住狗。那条狗虽然很勇猛，可还是没能等到奥凯利赶来，就不得不松开了鼬鼠。狗紧紧地盯着鼬鼠，但最终还是看着它爬进了湖边的小木屋。奥凯利跑到木屋边，拍了拍狗，唤起它的怒火，然后把它送进屋内。刚进屋，狗就大叫起来。奥凯利跟着也进去了。看见角落里有个老太婆，他问她有没有看见一只鼬鼠进来。

"我没有看见什么鼬鼠。"她答道，"我得了重病，你快点儿出去，要不然你会被传染的。"

奥凯利和老太婆说话的时候，狗在屋子里来回走个不停，最后扑向老太婆，抓住了她的脖子。老太婆大叫："奥凯利，快把你的狗赶走，我会给你很多钱。"

奥凯利让狗松开了老太婆的脖子，问道："你是谁？为什么要杀死我的马和牛？"

"你又为什么要拿走我辛辛苦苦攒了五百年的金币？"

"我想你只是一只鼬鼠，"奥凯利说，"否则我不会碰你的金币的，不会碰你的任何东西。"他接着说，"如果你在这个世上已经活了五百年，那你也该歇歇了。"

"我承认，年轻时我犯过大错，"老太婆说，"但如果你能够为我付二十英镑给一百六十个穷人，我就能从痛苦中解脱出来。"

"钱在哪里？"奥凯利问道。

"外面那块地的角落里有一口小井，井上有灌木丛，灌木丛下面有一个罐子，罐子里装满了金币。给人们二十英镑，剩下的都归你。你把罐子上的旗子拿掉，会看见一条黑狗跳出来，但是不必害怕，他是我的一个儿子。你拿到金币后，买下你第一次见到我的那座房子。房子很便宜，因为传言这座房子里有鬼。我的儿子会在地下室，他非但不会伤害你，还会成为你的朋友。从那天算起，一个月后我就会死去。你要是知道我死了，就在这个小木屋下面放些木炭，把我的尸体和房子一起烧了。记住，我的事情不要告诉任何一个活着的人——这样幸运就会伴随你左右。"

"你叫什么名字？"奥凯利问道。

"玛丽·凯尔文。"老太婆回答。

奥凯利回到家，等到天黑后，他拿起铁锹去了那块地，开始挖角落里的灌木丛，不一会儿就挖到了那个罐子。就在他拿掉上面的旗子时，一条大黑狗跳出来，跑开了，奥凯利的狗跟了上去。

奥凯利把金币带回家，藏在牛棚里。大约一个月后，他去戈尔韦赶集，买了两头牛、一匹马和十二只羊。邻居们不知道他从哪里弄来这么多钱，都说他得到了贵人的帮助。

一天，奥凯利打扮得漂漂亮亮，要去见他第一次见到鼬鼠的那座房子的主人，准备从他手上买下那座房子以及旁边的地。

"你不需要付任何租金就能买下这座房子，但是里面住了一个鬼，我不希望事先没有告知就让你住进去。另外，你要再付我一百英镑，否则我不会把这块地卖给你。"

"我的钱可能不比你的少。"奥凯利说，"如果你决定把房子和地卖给我，那我明天就把钱带来。"

"我没问题。"房子主人说道。

奥凯利回到家，告诉妻子自己买了一座房子和一块地。

"你哪里来的钱？"妻子问他。

"不都是从你那里来的嘛。"奥凯利回答。

第二天早上，奥凯利来到房子主人那里，付了钱，买下了房子和地。主人把房子里的家具和所有东西都留给了他。

当天晚上，奥凯利就留在买下的房子里。天黑之后，他来到地下室，看见一个很小的人，两条腿放在木桶里。

"上帝救了你,你这个好心人。"他对奥凯利说。

"你也是。"奥凯利回答说。

"看到我别害怕,"小矮人说,"你要是能严守秘密,我会成为你的朋友。"

"我会的,真的,我会为你母亲严守秘密,也会为你保守这个秘密的。"

"你大概渴了吧?"小矮人问道。

"是的。"奥凯利回答。

小矮人把手伸进怀里,拿出一只金色的高脚杯递给奥凯利,对他说:"从我身下的桶里舀杯酒。"

奥凯利舀了满满一杯葡萄酒,递给小矮人。

"你先喝吧。"小矮人说。

奥凯利喝下那杯酒,又舀了一杯递给小矮人,小矮人一饮而尽。

"再舀一杯,"小矮人说,"今晚高兴。"

就这样,两个人坐在那儿,你一杯,我一杯,最后都喝得晕乎乎的。然后,小矮人跳到地上,对奥凯利说:"你喜欢音乐吗?"

"当然喜欢,"奥凯利说,"我跳舞也很棒呢。"

"把墙角那面大旗拿开,我的笛子在下面。"

奥凯利拿开旗子,把笛子递给小矮人。他拿起笛子,吹起了动听的旋律,奥凯利跟着音乐跳起舞来,直到跳累了才停下来。接着,两个人又喝了一杯。小矮人说:"照我母亲跟你说的做,我会让你变成有钱人,你可以带你妻子过来,但不要告诉她我在这儿,而且她也不会看见我。不管什么时候,只要你想啤酒或葡萄酒,尽管过来喝就是了。现在,我要跟你说再见了。快去睡吧,明晚再过来找我。"

奥凯利爬上床,不一会儿就睡着了。

第二天早晨,奥凯利回家,把妻子和孩子带到那座大房子里,他们觉得新房子太舒服了。晚上,奥凯利来到地窖,小矮人欢迎他下来,问他想不想跳舞?

"我得先喝一杯再跳。"奥凯利说。

"尽管喝吧,"小矮人说,"在你有生之年,那个桶里的酒是喝不完的。"

奥凯利喝了满满一杯,又舀了一杯给小矮人,小矮人对他说,"今晚我要去精灵城堡,为那里的善良的人民演奏。要是你跟我去的话,你也会玩得很开心的,我给你一匹骏马骑,这么好的马你肯定没见过。"

"我跟你去!"奥凯利说,"可我怎么跟我妻子解释呢?"

"你们熟睡之后,我会把你从她身边接走,然后再把你送回来,一点儿也不会惊动她。"小矮人说。

"好的,听你的!"奥凯利说,"我走之前,咱俩再喝一杯吧。"

奥凯利喝了一杯又一杯,一直喝到有些晕乎,才和妻子上床睡觉。

醒来之后,他发现自己在杜恩河附近,还骑着一把扫帚。小矮人在他旁边,骑着一把长柄扫帚。他们一直骑到杜恩河边的绿山,小矮人叽里咕噜一通,奥凯利还没听懂,山就打开了。于是,他俩走进一座美丽的房子。

奥凯利从没在杜恩河见过这样的聚会,到处都是小矮人,男男女女、老老少少,满屋子都是。他们热情欢迎多纳尔——也就是这个风笛手的名字——还有奥凯利。精灵国王和精灵王后走过来对他们说:"今晚我们要去诺克马沙,去拜见我们臣民至高无上的国王和王后。"

大家都站起来，向外走去。每个人都鞴好了马，马车在等候着国王与王后。国王和王后乘上马车，臣民们纷纷跨上马。他们还照顾着奥凯利，以免他掉队。风笛手走到队伍前面，一面为大家演奏音乐，一面与大家一同前进。没过多久，队伍就到了诺克马沙。山打开门，精灵国王进去了。

芬瓦拉和诺阿娜在那儿，他们是康诺特精灵国的高王和王后，此外还有成千上万的精灵小矮人。芬瓦拉迎上来说："今晚我们和明斯特精灵国队举行一场曲棍球对抗赛。我们一定要打败他们，否则从此威名扫地。比赛将在斯利乌贝尔加丹下面的莫伊图拉举行。"

众精灵齐声高呼："我们已经做好准备，胜利一定属于我们！"

"出发！"高王一声令下，"内芬山的人一定会被我们打翻在地。"

所有的人都出发了，小矮人多纳尔和另外十二个乐手走在队伍前面，奏起动听的旋律。他们到达莫伊图拉时，内芬山的精灵们已先于他们到了。比赛进行时，双方要各自派出两个人在一旁守护，这也就是为什么小矮人多纳尔要带奥凯利过来的原因。对方有一个人，他们称他"黄胖子"，来自克莱尔郡的恩尼斯。

很快，两队都各就各位。开球，好戏上演了。

场上的选手们在激烈比赛，场下的乐手们在激情演奏。奥凯利发现明斯特国精灵队占了上风，他赶紧跑过去增援康诺特国精灵队。黄胖子冲上来，向奥凯利扑来，但被奥凯利打得落花流水。两个队立刻由打球变成了打人。不一会儿，康诺特队就拿下了对手。接着，明斯特队放出一大群会飞的甲壳虫，这些虫子只要看到绿色的东西，不管什么，统统吃光，结果把整个地方弄得一片狼藉，一直肆掠到宫格这里。后来，从山洞里飞出成千上万只鸽子，把这些甲壳虫全部吞进了肚子。从这天起，这个无名的山洞，便有了自己的名字，叫鸽子洞。

康诺特队赢了比赛，心满意足地返回诺克马沙。芬瓦拉高王赏给奥凯利一袋金币。小矮人把他送回家，让他继续在妻子边上睡下。

接下来的一个月，什么事也没发生，直到有一天夜里，奥凯利去地窖，小矮人告诉他："我母亲去世了，把她的那间房子烧了吧。"

"你说得没错，"奥凯利说道，"她告诉过我，她只剩下一个月的生命了，昨天刚好是一个月。"

第二天早晨，奥凯利去那间小屋子，发现老太婆确实已经死了。他放了些木炭在屋子下面，把屋子烧了。他回到家，告诉小矮人，他已经点火烧了老太婆的尸体。小矮人给他一个钱袋子，对他说："在你有生之年，这个钱袋是不会空的。从现在起，你不会再见到我了。但是，不要忘了那只鼬鼠，她是给你带来财富的起点和源头。"说完，小矮人就消失了，奥凯利从此再也没见过他。

奥凯利和妻子在那间大房子里生活了很多年，直到离开人世。去世时，他留下一大笔财富给他满堂的子孙们享用。

故事到这里就结束了。这个故事是我从祖母那里听来的，现在，我已经把它一字不落地讲给你听了。

邱雪琛 译　张群 校

欧文的心愿

从前，巴拉哈德林附近住着一个工匠，名叫欧文·奥穆莱蒂，在当地一户人家打工。他生活富裕，寡言少语，知足常乐。家里只有他和妻子玛格丽特两个人。他们有一座漂亮的小房子，家里常年收获充足的土豆，外加主人给的工钱，欧文可谓不愁吃不愁穿，无忧无虑，唯有一个心愿，那就是做一场梦——因为他从未做过梦。

有一天，他正在挖土豆，他的主人詹姆斯·塔夫来到他的山头，同往常一样和他聊起天来。聊到做梦，欧文说，要是他能做个梦该多好啊，哪怕是做一次也行。

"只要你按我说的去做，"主人说，"今晚你就会做梦。"

"一定，我一定会按你说的做，快说。"欧文保证。

"那好，"主人说道，"今晚回到家，你把炉子里的火灭了，把床铺到炉子上面，今晚就睡那儿，明早醒来之前，你就做梦做个够吧。"

欧文欣然答应。可是，就在他熄灭炉火的时候，玛格丽特觉得他简直是疯了。欧文向她解释詹姆斯·塔夫跟他说的那些做梦的事，并执意要这么做。于是，他们一起睡在炉边。

欧文刚躺下一会儿,就听见一阵敲门声。

"快起来,欧文,帮主人送封信到美国。"

欧文爬起来,穿上鞋,自言自语地说:"信差,你来得太晚了。"

欧文接过信便出发了。他一直往前走,一刻也没有逗留,一直走到斯利亚巴查恩山脚下,遇到一个牛倌,正在放牛。

"上帝保佑你,欧文。"小伙子招呼说。

"上帝保佑你,圣母也保佑你,小伙子。"欧文回答说,"大家都认识我,可是我却不认识你们。"

"这么晚了你要去哪儿?"小伙子问道。

"我要去美国,去给我的主人送信。是走这条路吗?"欧文说道。

"是的,一直朝西走,可你怎么过江河湖海呢?"小伙子问道。

"到那些地方还早呢,慢慢想,不着急。"欧文答道。

他又继续赶路。他来到海边,看见一只仙鹤单脚站在海边。

"上帝保佑你,欧文。"鹤对他说。

"上帝保佑你,圣母保佑你,仙鹤太太。"欧文回答说,"大家都认识我,可我却不认识你们。"

"你在这儿干什么?"

欧文告诉她自己在送信,看到这片大海,不知道怎么才能过去。

"把双脚放到我的翅膀上,你坐在我背上,我带你过去。"仙鹤说。

"要是我们还没过去你就飞不动了怎么办?"欧文问她。

"不要担心,要是没飞过去我是不会累的。"

于是,欧文坐到仙鹤的背上,仙鹤飞了起来,在海上一直往前飞。可是,还没飞到一半,仙鹤就叫了起来:"欧文,快下来,我飞不动了。"

"你今天的表现太差劲了,你这个无赖!"欧文骂道,"我不能下去,不要再叫我下去了。"

"我不管,"仙鹤回说,"你下去一会儿,让我休息一下。"

他们正吵着,看到头顶上有群人在打谷子。欧文冲他们喊道:"喂!上面打谷子的,请把你们的连枷放下来给我,让仙鹤休息一下。"

打谷子的人把连枷放了下来,可是,欧文双手刚抓住连枷,仙鹤就把他放开了,一边大笑一边嘲弄地飞走了。

"我要诅咒你！"欧文骂道，"你半路抛下我，让我悬在这茫茫大海的上空，多么危险啊！"

不一会儿，打谷子的人大声叫着要他松开连枷。

"我不会松的！"欧文说道，"不然我会淹死的。"

"如果你不松手，我就砍断连枷上的皮鞭。"

"我不管，"欧文说，"我要抓着连枷。"就这样，他一边和打谷子的人僵持着，一边朝远处眺望。他只看到一艘小船，而且还在很远的地方。

"哦，亲爱的船长，过来，快过来，恐怕只有你能救我了。"欧文说。

"你就在我们上方吗？"船长问。

"不是，还没到。"欧文回答。

"扔一只鞋下来，这样我们就能看到它掉下来的位置了。"船长说。

欧文脱掉一只鞋，扔了下去。

"哎呀！谁在打我？"睡在床上的玛格丽特一声尖叫，"欧文，你在哪里？"

"玛格丽特，是你在里面吗？"

"是的，就是我，"她答道，"不是我还会是谁啊？"

玛格丽特爬起来，点上蜡烛，发现欧文吊在烟囱中间，双手撑着正在往上爬，煤灰把脸弄得像只大花猫似的！他脚上只剩下一只鞋，另一只鞋没了。正是那只鞋子砸中她，把她砸醒了。

欧文从烟囱里爬下来，洗干净脸。从那以后，他再也不想着要做梦了。

邱雪琛 译　张群 校

麦克安德鲁一家的故事

很久以前，在一个叫梅奥郡①的地方住着一个富翁，名叫麦克安德鲁。他很有钱，家中蓄养大大小小牲畜无数，从肥牛骏马，到鸭鹅猪羊，不计其数。他家的田地广袤无垠，四面望去，目之所及，无边无际。

在左邻右舍的眼里，富裕的麦克安德鲁是个有福之人。其实不然，他也很烦恼。他那七个笨蛋儿子，眼看他们个头像野草一样疯长，心智却毫无长进。为此，麦克安德鲁伤心不已。

很快，七兄弟里年龄最小的也成年了。于是，老安德鲁给孩子们各造了一幢房子，并分给他们每人一块地、一些牛，想趁自己还健在的时候助他们成器。他说："上帝召见我之前，我还能关照他们，或许他们会吸取经验教训，成才成器。"

就这样，安德鲁七兄弟一直无忧无虑地生活着，很是快活。田里的庄稼青翠碧绿，牛群又壮又肥，毛发油光水亮。他们怎么也不会想到有一天会变得一

---

① 梅奥郡：爱尔兰的一个郡，位于爱尔兰岛西北海岸，历史上属康诺特省。

贫如洗。

日子就这样一天天过去了,一切风平浪静。有一天,集市逢集,七兄弟一大早就兴致勃勃地去赶集。这一天跟爱尔兰往常的天气一样,阳光明媚,晴空万里。七兄弟每人前面赶着三头牛,七人合在一起,前面便是一大群牛,阵势之大,远乡近邻从未见过。

走着走着,他们在路上碰到了农夫奥图尔。这家伙可精明了。他家的田和麦克安德鲁家的挨在一起。眼瞧着安德鲁家的牛一头头养得这么健壮,这七兄弟人又非常随和,好说话,于是他对七兄弟和他们家的牛打起了主意。这次正巧遇上七兄弟赶着二十一头牛,农夫抓住机会,赶紧跑过去,殷勤地和七兄弟打招呼。

"嘿,今天天气真好,你们这七兄弟一大早要去哪儿呀?"农夫问。

"我们去集市赶集,把父亲给我们的这些牛卖了。"他们异口同声回答道。

"什么？这些牛早就恶魔附身了，你们还要把它们卖了？天哪！康还有沙姆斯，我真不敢相信你们会这样做，这种事只有那些四处漂泊的农夫才干得出！大家都觉得你们慈祥的母亲一定会出手阻止你们，不让你们犯下这样的弥天大罪。"

听农夫这么一说，老大老二老三吓得直抖，四个小弟弟用手揉起眼睛，害怕得哭了起来。

"啊，说真的，奥图尔先生，这件事我们毫不知情啊。你又是怎么知道的呢？终有一天，这么多牛都会入地狱吗？天哪！希望这一天永远不要到来。"

"我知道你们会问这个问题，这么说起来，我真的是个很好的邻居，一直帮你们关注着朱迪婆婆。这个老巫婆以前经常站在那里，看着乌鸦在牛群上方飞来飞去，咯咯发笑。你们还记得吗？有一次你们的父亲在十字路口那儿曾对她恶语相加。她一直都记着仇呢。现在，你们这二十一头牛，连牛背上皮毛的价钱都不值。"

"哎！哎呀！哎呀呀！"七兄弟大叫起来，声音很大，连美丽的卡蒂·奥图尔都从窗里探出头来张望，平日温顺听话的牛，像疯了似的，雀跃起来。

"看，恶魔显灵了！"沙姆斯大叫起来，"哎呀，怎么办？我们该怎么办呀？"

"嘘，安静点儿。"奥图尔说，"这样吧，我前面说过，我是个好邻居，为了帮你们渡过难关，我来替你们承担风险，你们就按牛皮的价格把牛卖给我吧。当然，牛皮不会有任何危险，可以制成皮革。我替你们担了风险，本可以什么都不给你们，但还是付给你们每头牛一先令①吧，赚一先令总比一分不赚强吧。

---

① 先令：英国以前的货币单位。一英镑等于20先令。

带着这二十一枚闪闪发光的先令去集市，你们算是发大财了。"

在安德鲁七兄弟看来，这是活命的不二选择，所以他们感谢奥图尔慷慨相助，欣然接受了他的提议。他们帮着奥图尔把牛群赶到他的田地，然后再去赶集。

七兄弟从未去过集市，一看到那里热闹非凡的景象，便忘乎所以了。他们只是一门心思想着怎么花掉各自的一先令，牛群的事转眼就全忘到九霄云外去了。

集市上，人人都认识安德鲁兄弟。于是，人群很快就聚拢过来，又是赞美，又是羡慕，赞美他们英俊潇洒，羡慕他们有个多金慷慨的老爸，给他们那么多钱。七兄弟很快被夸得五迷三道，这里花点儿，那里买点儿。很快，七个人的二十一先令就都花完了。更糟糕的是，这七兄弟还和别人喝了点儿威士忌，一路跟跟跄跄回到家。

这一天对于老安德鲁先生来说可是伤心日，因为他的七个笨蛋儿子离开的时候牵走了二十一头牛出去卖，回来时竟然身无分文。他下定决心再也不会给他们一分钱。

日子就这样一天一天地过去了。安德鲁七兄弟依旧整天无忧无虑地生活着。终于有一天，父亲一病不起，被上帝召去了。

父亲死后，长子顺理成章地继承了父亲的遗产。顷刻间，他摇身一变，感觉自己成了贵族一样。他大摇大摆、晃着脑袋，那模样实在可笑，就连闷闷不乐的老妪见了，也会忍俊不禁。

有一天，他要去集市。出发前，为了显示自己多么气宇轩昂，他穿上绫罗

绸缎，还往皮包里塞满了金条。

到了集市，他走进一家酒馆，专捡最好、最贵的菜点。这还不够，为了显示自己高贵，他主动给老板三倍价钱。后来，他不经意间看到一个小桶，表面金光闪闪，看上去像纯金一般，挂在门外当酒馆标志。康之前从未注意过它，于是向老板打听起来。

和许多人一样，这个酒馆老板也想从这七个笨蛋那儿尽可能地多捞上一把，于是很快回答说："你这个笨蛋，这也不认识？这是驴蛋啊。"

"那它会孵出小驴驹吗？"

"那当然了，我这么体面的人，你看你问我的都是什么问题！"

"哇，我从没见过这个。"康十分惊喜。

"那你现在见到啦，好好看看，康。"

"你能把它卖给我吗？"

"拜托，康·麦克安德鲁，我辛辛苦苦地把它挂在门前晒太阳，晒了那么久，现在眼看时机就要成熟，小驴驹即将出生，要值二十多个几尼呢，我怎么舍得卖给你呢？"

"那我付给你二十几尼好了。"康回答说。

"那好吧，那就卖给你吧。"说着，老板取下小桶递给康，康则掏出身上所有的钱给了老板。

"要小心照看着，拿的时候轻一点儿，到家以后记着把它对着太阳挂起来。"老板叮嘱道。

康满口答应，提着"宝贝"回家了。

走到上坡时，康碰到了弟弟们。

"嘿，康，你手里拎着什么？"

"世界上最神奇的宝贝——驴蛋。"

帕特从康手里接过小桶，问道："天啊，它长什么模样？"

"你就不能当心一点儿吗？拿的时候一定要轻一点儿。"

可弟弟们根本没有睬他。他们还没反应过来，小桶就"咣当"一声滚下坡了。七兄弟赶紧在后面追，只见它一路滚进了灌木丛里，一只野兔被吓得从草丛里"嗖"的一下蹿了出来。

"啊，我的小驴驹啊！"康喊道，可七兄弟却转头去追野兔，他们当然是追不上了。

"这是我见过的最棒的小驴驹了，等它长到五岁，怕是魔鬼也追不上它了。"康说。他这么一说，七个笨蛋也就不再白费力气，紧追不舍了，而是乖乖地回家了。

我前面说过，梅奥郡里的每个人都在盘算着怎样从这七兄弟那儿得到自己想要的好处。

大家都说："别人完全可以拥有他们的那些财产，因为这七兄弟一定会把钱败个精光。"

确实如此，他们的钱果然越来越少。他们愚不可及，把玻璃当奇石，竟然用一匹骏马去交换；为了区区一根帽子上的缎带，他们不是用一头猪，就是用一只鹅去换。就这样，最后连家里的田地，也一块一块地换了出去。

一天，沙姆斯坐在火炉旁取暖。为了让炉火烧得更旺些，他把一大块泥炭

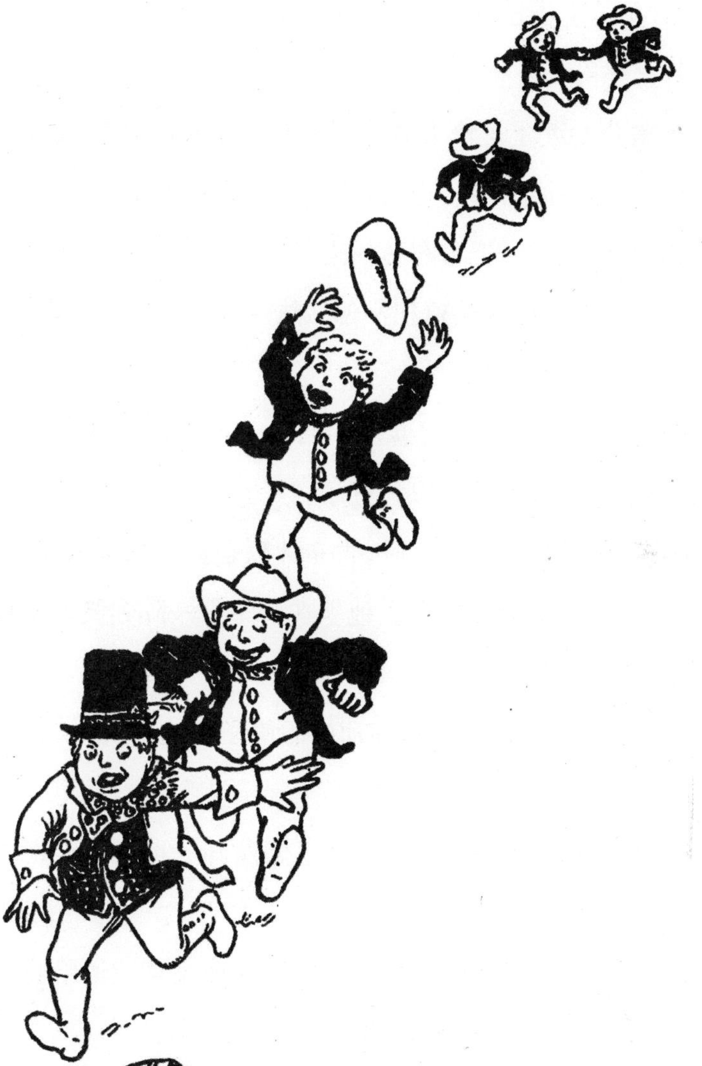

扔了进去，火势一下子就旺了起来。他再也不觉得冷了，反而感到热得像烤猪排似的。这时，弟弟走了过来。

"你这儿的火烧得真旺啊，沙姆斯。"

"是啊，火离我太近了，快去帮我把泥瓦匠吉布林找来看看，请他想办法把屋顶上的烟囱移到房间的另一边去。"

最小的弟弟照他说的，把吉布林找来了。

"沙姆斯，你怎么弄得这么狼狈？怎么热成这样？我能帮你什么吗？"

"你能把烟囱移到另一边去吗？"

"没问题，看我的。只是，得麻烦你们离开一下。这样吧，你们兄弟几个出去走走，回来的时候烟囱就可以移好了。"

沙姆斯果真照他说的出去。这时，吉布林只是把这个笨蛋坐的椅子挪一下，离火炉远一点儿，就算大功告成了。他坐在椅子上一阵窃笑，盘算着七兄弟待会儿会怎么报答自己的汗马功劳。

沙姆斯回来，吉布林领他走到移动好的椅子那边，说："你看，现在是不是好多了？"

"你真是个好人，吉布林，帮我移好了烟囱却一点儿也没把这里弄脏，我该怎么谢你呢？"

"如果你愿意的话，我想请你把我家边上的那块草地送给我。我帮了你这么大忙，这点儿小小的要求不过分吧？"

"没问题，那块草地归你了，吉布林。"沙姆斯二话不说，就把草地拱手送人了。

要知道，那可是麦克安德鲁家最肥沃的一块草地啊，对于沙姆斯来说，也是最后一块草地了。

不久，老大住的房子也没有了，然后一个接着一个，父亲给的七套房子都没了。七兄弟只好全部挤进父亲生前的老宅。

麦克安德鲁家的地一点儿一点儿地被奥图尔和吉布林蚕食了，现在只剩下老宅和一小片园子，可这七兄弟，没一个懂得怎么耕种。

就这样，七兄弟陷入了十分困难的处境，而只要有吃有喝，这七兄弟依旧是快快乐乐，一副心满意足的样子。当然，他们确实不愁吃、不愁穿，因为骗取他们家良田和牛羊的那些男人的老婆们，看着自己的丈夫靠耍弄愚蠢的七兄弟，一个个变得富裕起来，心里很是不安，于是背着自己的丈夫，每天偷偷地给七兄弟送酒送肉。

奥图尔和吉布林越来越贪婪，连七兄弟仅剩的老宅和园子也算计着。他们做好准备，一有机会，就把这些据为己有。不知是奥图尔好运当头，还是七兄弟屡遭厄运，总算是被奥图尔逮到了机会。

那是个凉爽的午后，奥图尔正从镇上回来，不经意间发现安德鲁七兄弟正围成一圈，面对面坐在路边。

"你们这七个小伙子，大白天的不去好好挣钱糊口，待在这儿干什么呢？"

"奥图尔先生，我们碰到麻烦了。"帕特回答说，"我们站不起来了。"

"怎么了？你们怎么就站不起来了呢？赶快告诉我。"

"你没看到我们的脚都在中间嘛，恐怕这辈子也分不清哪只脚是自己的了，想站起来，都不知道该抬哪双脚呀。"

奥图尔先生这辈子都没听到过这么愚蠢可笑的事,但他转念一想,"泥瓦匠吉布林还没过来,这可是我先抢到老宅和园子的大好时机啊!"这么想着,他摆出一副十分严肃的表情对他们说:"你们的脚都放在一起,想要区分开来的确不容易,不过好在我以前也多次碰到过这种情况,可以帮助你们。看,你们要是没有我这个好邻居可就惨啦。准备怎么答谢我呀?"

七兄弟赶快异口同声地回答说:"只要我们能从这里站起来,你要什么我们给你什么。"

"你们能把老宅和园子给我吗?"

"给,一定给,要是我们这辈子都站不起来,还要老宅和园子做什么。"

"那就这么说定了。"奥图尔说。他走到路边捡起一根大木棍,然后抡起木棍,对着七兄弟痛打起来,从头,到肩膀,再到脚,任何能打到的部位,他都毫不留情,打得他们痛得乱叫乱跳,七兄弟这才算各自找到自己的脚,跑走了。

最后,奥图尔成功得到园子和老宅,把麦克安德鲁家最后的财产也据为己有了。再看那七兄弟,曾经家财万贯,现在却一无所有,只得乞讨为生。

朱梦辰 译　张群 校

希腊公主和园丁小伙子的故事

从前，有一个无名小国，国王有一个非常美丽的女儿。随着年龄增长，国王渐渐变得体弱多病。医生说，对国王来讲，最佳补品其实就在眼前。从国王房间的窗口往下看，是一大片果园，果园里长着的苹果正是那些补品。听了这话，国王对果树自然十分关心，早在苹果只有弹子那么大时，他就开始清点数目，生怕少了一个。终于，丰收季节到了，眼看果实就要成熟。一天晚上，果园外传来一阵鸟儿振翅飞动的声音，国王惊醒了，往外一看，竟看到一只鸟在果树间飞来飞去，身上的羽毛光鲜亮丽，闪闪发光。突然，它看见头戴睡帽、身穿睡袍的国王，吓得叼起一只苹果慌忙飞走了。"哎呀，小偷在偷苹果，也不见园丁的影子，太可恶了！"国王喊道，"原来他就是这样帮我看管宝贵的果园啊。"

那天夜里，国王一直没敢合眼，宫殿里一有风吹草动，他就把园丁叫来训斥一通，骂他玩忽职守。

"陛下，"园丁说，"我向您保证不会再丢失果园里的苹果了！我的三个儿子都是国内数一数二的射箭高手，他们会和我一起轮流看守果园，不会再有人

敢偷苹果了。"

夜幕降临，园丁家的老大先站岗。他持弓拉弦，神情专注地四处观望。可到了凌晨，又是一阵振翅声，惊醒的国王跑到窗边，又看到那只金鸟停在枝头，而站岗的老大此刻却靠着墙，正在呼呼大睡呢，腿边还放着弓箭。

"快给我起来，你这个懒鬼！"国王厉声喝道，"又是那只鸟，太可恶了，又偷走了我的苹果。"

老大发现自己睡着了，赶忙跳起来，可他还在手忙脚乱地调整弦位时，金鸟已经叼着树上最水灵的苹果飞走了。可以想见，国王又是暴跳如雷，怒斥园丁和他的儿子。第二天午夜到来之前，他又得二十四小时寝食难安了。

这次，国王寄希望于园丁家的老二。他上岗后，尽管一开始看上去精力充沛，可还没等十二点的钟声敲完，他就倒在茂盛的草地上，四仰八叉地呼呼大睡，沉得像死猪一样。那只金鸟又扑打着闪亮的翅膀飞来了。国王就这么眼睁睁地看着它叼走第三只苹果。国王又是一阵怒吼，可怜的老二一下子惊醒。他拔弓就射，可惜没有射中。国王非常生气，可他看到园丁一家人都在守护果园，也不好再说什么。

现在，国王把全部希望都寄托在老三身上了。这个年轻人勇敢、活泼，人见人爱。老三站在那儿守着，国王在上面看着他，十二点的钟声敲响第一声，国王便开始和他说话，防止他睡着。等敲到第十二声时，那道熟悉的光芒又出现了，金鸟光亮的羽翼把墙和果树照得通亮。金鸟飞到枝头时，国王又听到鸟儿振翅的声音。也就在此时，一把利箭"啪"地射中了金鸟的一侧，只见一根亮晶晶的巨大羽毛跟着箭一起落了下来。击中的声音那么响，几百米开外都能

听到。金鸟儿一声惨叫,声音震耳欲聋,逃也似的飞离了果园,苹果嘛,它当然来不及叼走喽。那根羽毛砸进了国王的房间,很沉很沉,比铅还重,定睛一看,竟是一块品质极好的金子。

第二天,国王为老三大摆庆功筵席。随后一连几夜,老三一直都守着果园,一共守了一周,希望能再见到那只神鸟,只可惜连金鸟的影子都没见着。国王只好让老三回家休息。所有的人都盛赞那根黄金羽毛,但是,只有国王一个人像着了魔似的,拿着羽毛,翻来覆去,整天玩个不停。他还把羽毛放在额头上、鼻尖上,蹭来蹭去。最后,国王宣布,谁要是能带回那只长着黄金羽毛的金鸟,不论是死是活,他就把自己的女儿嫁给他,再加上半壁江山。

老大信心满满,跑去找那只金鸟。一天下午,他坐在树下小憩,从袋子里掏出随身带来的面包和冷肉吃了起来。这时,一只狐狸跑过来了。那只狐狸长得可好看了,像是从孟菲地洞里跑出来的似的。"喂!先生,"它说,"我饿极了,饥肠辘辘的,你能不能分点儿肉给我吃?"

"什么!"老大回答说,"你这个强盗,竟敢提这种要求,肯定是活得不耐烦了吧,我这就回答你。"说着,他抄起弓箭,对着狐狸就是一箭射过去。

利箭险些射中狐狸,它擦身而过,向上飞去,如铁箭一般,射在不远处的树上。

"你这个坏人!"狐狸说,"不过,我对你家的小弟弟心怀敬意,看在他的面子上,我给你一些建议吧。晚上等你走到村庄,你会看到一条街。在街这边,你会看到一间大屋子,里面灯火通明,有小伙子和姑娘在跳舞、喝酒;街的那边也有一间屋子,不过里面没有一点儿光亮,只有另一间屋子的光线照射一点儿过来，里面只有一对夫妻和他们的孩子。听我的，走这条路。"说着，狐狸卷起尾巴，一蹦一跳地跑走了。

老大发现狐狸说得果然没错。可是天晓得，他没听狐狸的话，偏偏选择去了那间灯火通明、喝酒跳舞的屋子。就这样吧，他的故事先搁一搁。一星期过去了，老大还没回来，国王和园丁都等得不耐烦了。这时，老二说他也想去试试运气，就也踏上了征途。老二和哥哥一样，也是本事不大，脾气不小，和哥哥的选择是一样的，结局自然是如出一辙。又一个星期过去了，终于轮到老三出发了。老三还是坐在那棵树下休息，掏出面包和肉来吃。这时，那只狐狸又出现了，还向他问好。老三把他的晚饭分一点儿给了狐狸。狐狸立刻开门见山，把自己的来意直接告诉了老三。

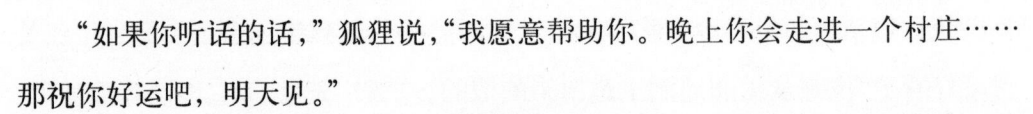

"如果你听话的话，"狐狸说，"我愿意帮助你。晚上你会走进一个村庄……那祝你好运吧，明天见。"

老三听从狐狸的建议，有意远离那间热闹的屋子，远离里面跳舞、喝酒、吹拉弹唱的人群，选择去了那间安静的屋子，受到主人热情的欢迎。一顿饱餐后，他早早地就休息了。第二天一早，天还没完全亮，他就又上路了。

没走多远，他就看到狐狸从路边的林子里蹿了出来。

"早上好，狐狸先生。"

"早上好啊，先生。"狐狸回答说，"你知不知道自己要走多远才能找到那只金鸟？"

"不知道呀，我怎么会知道还有多远呢？"

"我知道呀。金鸟住在西班牙宫殿里，离这里足足有两百来英里呢。"

"噢，我的天哪！那我们要走一个星期才能到呀。"

"不用那么久。你坐上我的尾巴，我们很快就会到的。"

"坐到你的尾巴上？坐在这样的鞍子上，这也太可笑了，我可怜的狐狸。"

"照我说的做吧，不然我可就不管你了。"

狐狸放平尾巴，像翅膀一样伸了过来。老三不想让狐狸不开心，便坐了上去。他们"嗖"的一声，像子弹一样飞了出去。一路风驰电掣，把风远远地甩在后面，下午就到了西班牙，降落在西班牙宫殿旁的一片林子里。他们俩在那里休息，等待夜幕的降临。

"现在，"狐狸说，"我先去打理打理那些卫兵的脑袋瓜子，你呢，顺着一个又一个灯火通明的大厅，去找那只金鸟，直到找到为止。你要是有脑子的话，自然会有办法连门外的笼子一起带出来，没人能奈何得了你，不然，我就无法帮你了，别人是帮不了你的。"说完，狐狸向一扇扇大门走去。

一刻钟后，老三也开始向一扇扇大门走去。他来到第一个大厅，看到门前有二十个全副武装的卫兵在笔直地站岗，可一个个双眼紧闭，呼呼大睡。在第二个大厅门口，他看见有十二个卫兵，第三个门口有六个，第四个门口有三个，而第四个大厅后面的那间房子里，一个卫兵也没有了，既没有灯光，也没有烛火，却亮如白昼，因为在一个普普通通的木头和铁丝做成的笼子里，老三正在寻找的那只金鸟就关在里面，桌上放着金鸟偷来的那三只苹果，现在一个个都变成了金子。

桌子上还放着一只精美绝伦的金丝笼。老三见了心想，金丝笼这么漂亮，要是不用它来关那只金鸟，未免太可惜了，那个普普通通的笼子怎么配得上关

金鸟呢?老三大概在想,金丝笼这么值钱,不管怎样,都应该给金鸟换成金丝笼子。不过,他马上就为这个决定后悔了。金鸟的翅膀刚一碰到金丝笼的铁丝,就发出一声响彻云霄的叫声,把窗户上的玻璃全部震碎了,同时也震醒了卫兵们,三个、六个、十二个、二十个,个个都被震醒了。他们拿起长矛和利剑,将可怜的老三围了起来。他们嘲弄他,诅咒他,臭骂他,骂得老三晕头转向。卫兵们请来国王,将事情一一禀告。国王听完,脸色铁青。"你犯下了滔天大罪,本应该立刻绞死,"国王说,"但我可以给你和那只金鸟指一条生路:去把莫罗可国王的红棕小母马给我带来。据说这匹马跑起来四蹄生风,一跃便能进入城堡。你把小母马带到这里来,就可以带上你要的金鸟,重获自由,想去哪儿就去哪儿。现在，你的行动、你的生死，都在我的监视和控制之下。"

老三十分沮丧地离开王宫。他向前走着的时候，没想到狐狸先生又蹿出来了。

"哎，可怜的伙计，"狐狸说，"我早就该料到你没脑子，但我不想再在你的伤口上撒盐了。来，坐到我尾巴上来，等我们到了莫罗可国王的宫殿再想办法吧。"

他们又像子弹一样飞了出去，风也追不上他们的脚步，被他们远远地甩在后面。

来到宫殿不远处的一片树林时，夜幕已经降临。狐狸说："我去马厩里为你打前哨，你牵出那匹小母马时，千万小心，不要让它碰到门，门框也不行，哪儿都不能碰，只能碰地，让四只蹄子在地上走。这次你要是还那么没脑子，后果会比上次更严重。"

老三等了十五分钟才向王宫出发，进入王宫的大草坪。从宫殿大门到马厩的门口，站着两排全副武装的卫兵，可每个人都在呼呼大睡。老三穿过两排卫兵，径直走进马厩。小母马就在里面。好一匹稀世骏马呀！周围站着四个马童，第一个手里拿着马梳，第二个拉着缰绳，第三个端着一筛子燕麦，第四个抱着一大把草料，但四个人都是一动不动，像石雕似的。现在，这马厩里除了老三，就只有马是活着的、会动的了。马背上放着一个普普通通的木头和皮革制成的马鞍，但柱子上挂着一副金马鞍，做工十分精致。老三觉得，骏马就该配金鞍。好吧，究竟为什么要配金马鞍，我想有待商榷。总之，老三把马身上的普通马鞍卸下来，换上了金的。

没想到那匹马觉得背上有异物，竟突然一声嘶鸣，声音那么响，从邦克劳迪一直传到汤姆布里克。昏睡的卫兵和马童立刻惊醒，跑过来把老三团团围住。莫罗可国王和其他人随即都来到了现场，脸色阴沉，甚是吓人。人们冲着老三不停地臭骂。等大家骂了一会儿，国王开口说："你如此无礼大胆，应该判绞刑，但我可以给你和这匹马放条生路，帮我去把金锁公主带回来，她是希腊王的女儿。你的行动、你的生死，都在我的监视和控制之下。一旦你把公主成功地交到我的手里，你就可以得到那个'风之女'，并且欢迎你到我的国家来。现在进来吃晚饭，然后早点儿休息，明天一早就出发。"

翌日早晨，老三离开王宫，可以想象，他有多么沮丧。狐狸从树林里蹿出来，看着老三的脸，老三惭愧不已。

"怎么会有这样的事，"狐狸说，"最需要头脑的时候，却总是丧失理智。现在，我们要赶好长一段路，才能到希腊国王的宫殿呢。真是倒霉到家了，一而再再而三，老是这么倒霉。喂，坐到我的尾巴上吧，我们抄个近路。"

于是，老三坐上狐狸的尾巴，风驰电掣一般地飞了出去，风也赶不上他们的速度。当天晚上，他们就到了城堡，在附近的一个树林里吃了面包和冷肉。

"现在，"吃完后，狐狸说，"我去前面给你打前哨，十五分钟后你再过来。千万记住，不要让金锁公主的手、头发或是衣服碰到门框。如果她请你帮忙，要谨慎回答。只要你把她顺利地带出城堡大门，谁也别想再把她从你身边带走了。"

老三按狐狸说的，十五分钟后走进宫殿。他看见二十个、十二个、六个、三个数量不等的卫兵，手持武器，不是站着，就是靠着，全部睡着了。金锁公主住在最里面的那间屋子里。公主美艳绝伦，简直就像维纳斯女神一样。她和父亲希腊国王各自在一张椅子上睡着了。老三站在公主面前，每看公主一眼，对公主的爱就加深一层，以致情不自禁地单膝跪地，牵起公主白皙的玉手，吻了一下。

公主睁开眼睛，刚开始有一点儿害怕，但我觉得并不是很生气，因为我说过，老三这小伙子长得十分英俊，再加上他满脸都是敬仰和爱慕的神情。公主问老三来这儿干什么。老三满脸通红，结结巴巴地跟公主讲述发生的事情，一连说了六遍，公主才听明白。

"你是要把我交给那个又黑又丑的莫罗可国王吗？"公主问老三。

"我没有办法，"老三回道，"如果不这么做，我将永远被国王监视和控制，生死也捏在他的手中。我一定会杀掉他，换回你的自由，即使以我的生命为代价也在所不惜。如果这辈子不能娶你为妻，我活在这个世上的日子也就不多了。"

"好吧，"她说，"可你得让我跟我的父亲告个别吧。"

"对不起，我不能让你这么做，"老三说，"否则卫兵们都会醒过来，不是把我处死，就是要我去做比我现在做的更艰难的任务。"

但是，公主坚持要在临走之前亲一下父亲，亲一下，父亲不会醒的，然后她就跟老三走。老三已经被公主深深地迷住了，怎么舍得拒绝她呢？可是，天哪，公主刚一亲吻父王，国王就大叫一声，那些睡着的卫兵，二十个、十二个，全都惊醒过来。卫兵们拿起武器，要把愚蠢的老三送上绞刑架。

但国王制止了卫兵们。他想先搞清楚是怎么回事，然后再做定夺。听完老

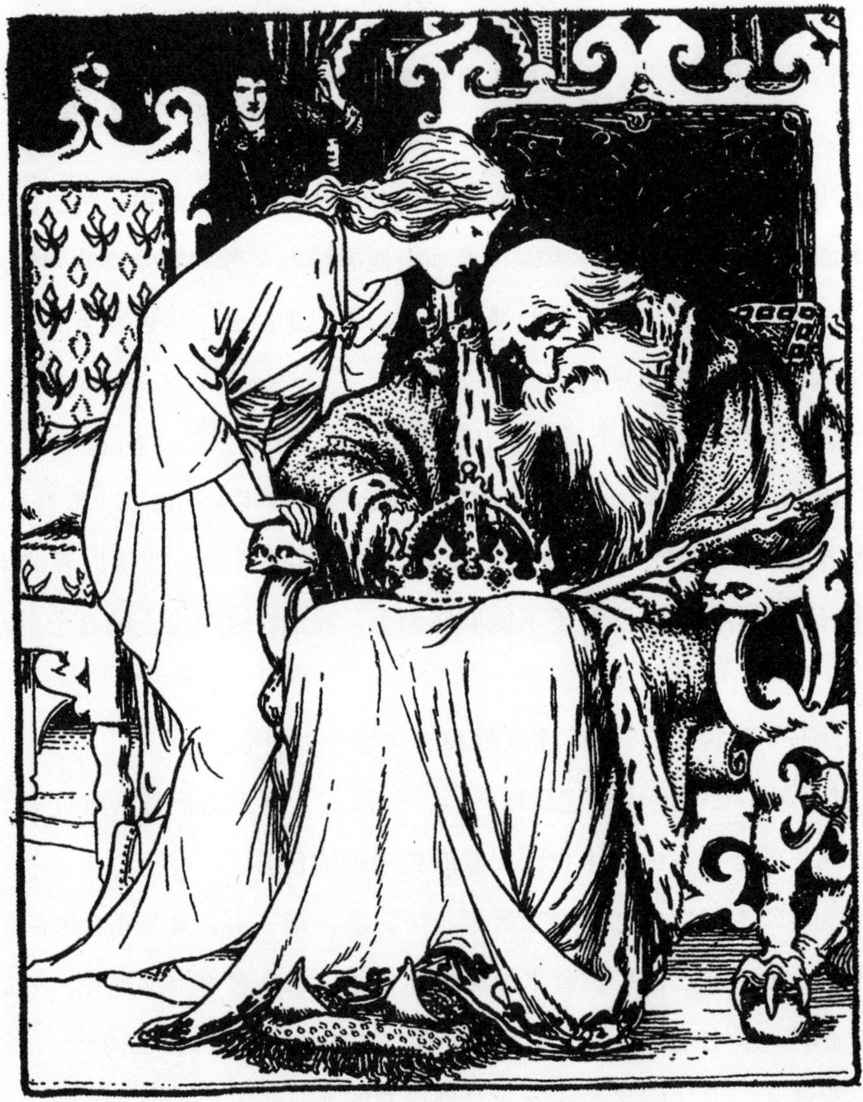

三的故事，国王给老三指了条活路。

"宫殿前面，"国王说，"有一大堆陶土，盛夏的时候总会挡着阳光，城墙晒不到太阳。曾经有许多人想把它铲走，可每铲走一铲，人们发现土堆就会增加两铲，大家只好作罢。要是你能有办法把土堆移走，那我就让我的女儿跟你走。你要是一个男子汉，我看你很像，那么即使我的女儿嫁给了那个又瘦又黄的国王，我相信她也会平安无事的。"

第二天一早，老三就想办法搬土了。果然，他每铲走一铲土，就会有两铲土落到他的身上，最后自己竟然陷在了土堆里，差点儿爬不出来。好不容易爬出来后，可怜的老三坐在草皮上，愧疚地痛哭起来。想起自己从开始到现在，去了那么多地方，结果一个比一个糟糕，禁不住十分自责。晚上，老三双手托着头，周围一个人也没有，只有狐狸陪在身边。

"哎，可怜的伙计，"狐狸说，"你情绪很低落。进去吧，我就不给你添堵了。快去吃晚饭，好好睡一觉，明天又是新的一天。"

"土搬得怎么样了？"吃饭的时候，国王问老三。

"天哪！国王陛下，"可怜的老三回答说，"土一点儿也没减少，反而越堆越多。明天太阳落山时，恐怕得麻烦你把我从土堆里挖出来，把我给叫醒了。"

"我可不希望这样啊。"公主亲切可人，粲然一笑。看见公主对着自己笑，一整晚老三心里都美滋滋的。

第二天一大早，老三就被吵醒。外面，人声鼎沸，号声阵阵，锣鼓齐鸣，好不热闹，老三忍不住跑到窗边一探究竟。天哪！土堆不见了，取而代之的是卫兵、仆人、大臣、女人们，兴高采烈地在那儿载歌载舞。

"啊，可敬的狐狸！"老三心想，"肯定是你帮的忙。"

国王没有立即放老三回去。他准备派大批随从人员，护送他和公主出发，但老三不想这么麻烦国王。

"我有一个朋友，"老三说，"他能在一天之内就把我们俩送到莫罗可的宫殿，没人敢找他的麻烦。"

公主就要和父王告别了。告别那天，人们哭成一团。

"唉，"国王一声叹息，"你走了我多孤单啊！你可怜的哥哥中了巫婆的魔咒，到现在我们也见不到他。我现在年岁大了，你又要离开我了！"

老三和公主穿过树林，边走边向公主倾诉自己的爱慕之情。突然，狐狸又蹿了出来，他俩立刻坐上狐狸的尾巴，紧紧抓住对方，生怕滑下去。他们"嗖"的一声，像子弹一样飞了出去。一路风驰电掣，把风远远地甩在后面。晚上，他们就到了莫罗可国王城堡的草坪上。

莫罗可国王对老三说："嗯，你已经出色地完成了任务，那匹小母马你可以牵走了。能够拥有这么美丽的公主，就是把所有的骏马都给你我也乐意。骑上马上路吧，这些钱足够你路上花的了。"

"谢谢国王，"老三说："出发前，我想和公主握一下手，可以吗？"

"当然可以，请吧。"

老三久久地握着公主的手，突然，他把公主拉到身后，紧紧贴着自己，一眨眼工夫，他就骑上马，带着公主冲破卫兵的阻拦，远走高飞了。第二天早上，他们来到西班牙宫殿附近的树林处，狐狸站在前面等他们。

"把公主留在这里，我们等你。"他说，"快去把金鸟和三个苹果拿出来。

你回来时如果没有带上金鸟，那我就必须把你们俩押送回国了。"

西班牙国王看到老三把骏马牵回来了，就把金鸟、金丝笼以及三只金苹果全部交给了老三，并且连声致谢。得到了小母马，国王喜不自禁。但是，老三临别前，忍不住要和这匹良驹告别，拍拍它，摸摸它。没人会想到，趁大家没注意，老三突然骑上马，冲破守卫，飞快地逃走了，没一会儿就回到了狐狸和公主的身边。

他们赶紧策马飞奔，逃出西班牙国王的国境。后面的路就好走多了。老三和公主情意绵绵，说到天明话都说不完。经过村庄里那座载歌载舞的房子时，他俩发现两个哥哥在沿街乞讨。老三把他们一起带上。他们走到最初碰到狐狸的地方时，狐狸请老三砍掉自己的头和尾巴，但老三不忍心这么做，甚至连想都不敢想。可是，老大倒是乐意。他一刀下去，狐狸的头和尾巴就消失了，可身体马上变成了一个世间少有的英俊少年。他不是别人，正是当初中了魔咒的王子。这实在是太令人惊喜了！简直是意外之喜！他们回到自己的宫殿时，只见篝火在熊熊燃烧，架子上在烤牛肉，草地上还放着好几桶美酒。

就这样，希腊年轻的王子娶了国王的女儿，而王子的妹妹则嫁给了园丁家的老三。他们俩带着许多人，抄近路回到父亲的家里。国王见到金鸟和金苹果十分欣喜，送给他们一车金子和一车银子。

朱梦辰 译　张群 校

驼子勒斯莫传奇

在肥沃的阿赫劳峡谷中,在阴森森的歌尔提山脚下,从前住着一个可怜的人。这个人是个驼子,后背上背着一个巨大的罗锅,看上去就像身子被弯上去,架在肩膀上似的,脑袋不得不低着,沉甸甸的,坐下时,必须用膝盖支着下巴。乡亲们谁也不愿在僻静处见到他。尽管这可怜的家伙就像刚出生的婴儿一样不会侵犯任何人,但他那身形没个人样,甚是吓人。有些人心肠不好,四处谣传有关他的怪事。有人说他十分精通草药和魔咒,但这只是传说。不过,他有双巧手倒是事实。他会用麦秆和藤条编织草帽和篮子,而且以此糊口度日。

他的小草帽上总是别着一支仙女帽,所以得了个外号叫勒斯莫。① 他编的东西总能比别人卖得贵一点儿,这大概就是为什么老有人嫉妒他、四处散播有关他的谣言的原因吧。不管是不是真的,有一天晚上,他从美丽的卡希尔镇出发,前往卡帕。背着那么大的一个罗锅,矮小的勒斯莫自然走得很慢,走到诺

---

① 仙女帽:一种植物,叫毛地黄,因形状酷似帽子又称仙女帽,爱尔兰人又叫它勒斯莫。

克格拉夫顿的老坟岗①那儿,天就黑透了。他筋疲力尽,想到还有那么远的路要走,要走整整一夜,他心烦意乱,于是在林边坐下,歇歇脚,满怀愁绪地望着月亮。

不一会儿,小矮子勒斯莫耳边响起隐隐约约的旋律,这旋律不似人间能有。他听着,觉得旋律那么优美、醉人,心想自己可从未听过,就像是千万个嗓音在一起吟唱似的,神奇地彼此融为一体,同时,每个嗓音的音色又各具特色。歌词是这样唱的:

Da Luan,Da Mort,Da Luan,Da Mort,Da Luan,Da Mort.②

停了一下,旋律又响了起来。

勒斯莫听得全神贯注,他屏气凝神,生怕漏掉一个节拍。这时,他已经听出来了,歌声是从坟岗里传来的。虽然起初听得入了迷,但同样的调子、同样的词,翻来覆去,一点儿变化都没有,勒斯莫感到听腻了。Da Luan,Da Mort 唱了三遍后,他在停顿时接着旋律唱下去,唱的是 augus Da Cadine③,然后与林中的声音一起唱 Da Luan,Da Mort,再一次停顿时,他又唱 augus Da Cadine。

这是一首仙曲,诺克格拉夫顿的仙子们听到新加的曲调后欣欣不已,立刻

---

① 老坟岗:民间传说,亦收录在叶芝所收集的《爱尔兰农户童话和民间故事》(Fairy and Folk Tales of the Irish Peasantry) 中。根据叶芝的注解,原文的 moat 此处不指水渠,而是指坟岗。

② Da Luan, Da Mort:盖尔语,意思是"星期一,星期二"。

③ augus Da Cadine:盖尔语,意为"还有星期三"。

决定把这个凡人带到她们当中来,谁叫他的演唱技巧比她们强上百倍呢。于是,一阵旋风刮来,把小矮子勒斯莫卷了进去。

勒斯莫像根稻草一样,轻轻地打着转儿,被吹进了林子。一进树林,眼前看到的全是绝妙美景,耳边听到的都是甜美歌谣。仙子们以最高礼仪待他,因为他唱出的旋律最美,没有一个仙子乐师能够演奏出来。仙子们都竭诚欢迎他,派专人伺候他,一切安排都是那么称心如意。总之,他受到的待遇之高,就像他是第一个来到这里的人一样。

不一会儿,勒斯莫发现仙子们在热切讨论着什么。虽然她们礼遇有加,他还是诚惶诚恐。这时,一个仙子走上前来对他说:

勒斯莫！勒斯莫！
莫不信，莫遗憾，
你背上的大罗锅，
已消失，再不见；
低头瞧，看地上，
你瞧啊，勒斯莫！

听到这话，可怜的小矮子勒斯莫感到身子轻巧了很多。他欣喜若狂，感觉自己就像《猫和小提琴》故事中的那头牛一样①，一步就能跳到月亮上。他看到大罗锅从背上掉到地上，高兴得说不出话来。他试着抬起头，小心翼翼，生怕撞到大厅的天花板。他满心惊奇，一脸的喜悦，对一切都看不够，越看越觉得好看。眼前所见，金碧辉煌，灿烂夺目，他不禁头晕目眩，慢慢合上眼帘。最后，他沉沉地睡着了。醒来时，天已大亮，阳光普照，鸟儿欢唱。他就躺在诺克格拉夫顿坟岗边上，牛羊在他身边静静地吃着草。勒斯莫做完祷告，马上把手伸到背后，去摸背上的大罗锅，可背上一丝罗锅的痕迹都没有。他上上下下地打量着自己，满是自豪地发现自己现在是个匀称、好看、标致、整洁的小伙子，不仅如此，身上还穿着一套崭新的衣服。他猜测，这是仙子们为他做的。

他上路了，往卡帕走去。他步履轻快，一路蹦蹦跳跳，就跟这辈子一直是

---

① 《猫和小提琴》：一首英语童谣，里面有头牛跳到了月亮上面。

个舞蹈大师一样。没了大罗锅,谁见到勒斯莫,都认不出他来。他费了好大力气才让别人相信是他——其实不是,最起码外表上已经不是了。

不消说,勒斯莫身上的大罗锅消失了这件事,没过多久就传开了,人们惊奇不已。全乡上下,周围数里,不管贵贱,都在谈论这件事。

一天早晨,勒斯莫悠闲地坐在自家小屋的门口,一个老太太走上前来,问他能不能给她指指去卡帕的路。

"用不着我给你指路,我的好太太,"勒斯莫说道,"这就是卡帕;你想找谁呢?"

"我是从窝特福郡德赛乡来的,"老太太说,"我来找一个叫勒斯莫的人。我听说他让仙子除掉了背上的罗锅,我有一个好朋友,她儿子背上也有个罗锅,会要了他的命。他要是能和勒斯莫一样,让仙术治治,把这罗锅除掉就好了。我告诉你,我大老远地跑到这儿,就是要搞明白这仙术到底是怎么一回事,如果可以的话。"

勒斯莫一向是个热心肠的小伙子,他把自己怎么在诺克格拉夫顿为仙子们唱歌,大罗锅怎么从肩背上去掉,他又是怎么额外得到一套新衣裳,一五一十,全部告诉了老太太。

老太太好生感谢,心情畅快地离开了。回到沃特福郡的老朋友家,她把勒斯莫说的详详细细讲给朋友听。她俩把那个打小就脾气火暴、满肚子坏水的小驼背放到一架小车上,推着他穿过了整个乡。只要能去掉驼背,她们不在乎路途有么远。夜幕降临时,她们刚好把小驼背留在诺克格拉夫顿的老坟岗边上。

这个叫杰克·马登的小驼背,坐下没多久就听到坟岗中响起了比之前还要美妙的旋律，这是因为仙子们是按勒斯莫定下的调子唱的。仙子们高唱：Da Luan, Da Mort, Da Luan, Da Mort, Da Luan, Da Mort, augus Da Cadine，而且一直唱个不停。杰克·马登急着要卸掉驼背，压根儿没想到要等仙子们唱完，也没想到要找个好机会，把调子唱得比勒斯莫的还要好听。听仙子们一连唱了七遍之后，小驼子扯开嗓子，喊了起来，全然不顾旋律的节拍和韵味，也不管怎样才能把词融进去。augus Da Hena①，他想着要是一天不行的话，那两天更好；既然勒斯莫得到了一套新衣裳，自己就该得两套。

他刚唱了两句，就被神力吹起来，卷进了坟岗；仙子们怒气冲冲地围上来，尖叫着，怒吼着，"是哪个毁了我们的曲子？是谁毁了我们的曲子？"一个仙子走上前来，说道：

> 杰克·马登！杰克·马登！
> 你的歌词糟糕透顶，
> 毁了我们喜爱的歌，
> 召你到这仙宫来，
> 我们要给你好看；
> 来吧，给杰克·马登来两个驼背！

于是，二十个最强壮的仙子扛来了勒斯莫的罗锅，把它安在可怜的杰克的

---

① augus Da Hen：盖尔语，意思是"还有周四"。

背上,紧紧粘在他自己的驼背上面,就像是能工巧匠用长钉钉起来一样,牢不可破。接着,仙子们把他踢出仙宫。到了早上,杰克·马登的母亲和她的长舌妇好友来找小矮子,发现他半死不活地瘫在坟岗边上,背上又多了一个驼背。她俩面面相觑,惊得目瞪口呆!但什么也不敢说,生怕自己背上也多出个驼背。她们把不幸的杰克·马登带回家,这对老朋友从未如此失望,如此忧愁,两个人都拉着长脸。这新增的驼背那么重,又加上长途跋涉,很快,杰克·马登就一命呜呼了。此后,他妈妈和她的朋友,一遇到再想去听仙曲的人,就恶语相向,臭骂一通。

杨畅 译 张群 校

科马克寻仙记

爱尔兰高王①科马克，乃是百战之王康恩②之孙，阿尔卡之子，他在塔拉临朝听政。一天，他看到一个小伙子站在山坡绿地上，手中拿着闪闪发光的仙枝，上头结着九个红艳艳的苹果。仙枝一摇，苹果就会唱起异常甜美的仙境之歌，负伤的男人们和病弱的女人们便会安然入眠，世人心中再也不会被欲望和哀痛纠缠，心灵的疲倦也会烟消云散。

"这树枝是你的吗？"科马克问。

"不错，是我的。"

"你愿不愿意卖？要什么你才愿意卖？"

"我要什么你就给什么？"小伙子反问。

科马克王承诺，小伙子要什么都行。于是，小伙子说要科马克的妻子、女儿和儿子。科马克王万般不舍，妻子和儿女得知要与他分开，心中沉重至极。科马克拿起仙枝摇了摇，甜美、轻柔的音乐随即响了起来，他们立刻就将忧虑

---

① 爱尔兰高王：爱尔兰历史上或传说中曾统治整个爱尔兰的国王。
② 康恩：爱尔兰历史上的一位国王，骁勇善战，打过无数胜仗，故有"百战之王康恩"的美名。

和悲伤忘到了一边,径直走到小伙子面前,跟他离开了高王,从此销声匿迹。人们得知这个消息后,整个爱尔兰陷入了悲痛之中,处处可闻痛哭声。科马克摇了摇仙枝,就无人再感到悲痛、难过了。

一年之后,科马克说:"今天,我的妻子、儿女被带走已经一年了。我要沿着他们走的那条路去找他们。"

科马克出发了。一阵浓黑的魔法迷雾笼罩了他,他来到一块神奇、美丽的平原上。平原上有许多牧马人,正忙着用珍禽奇鸟的羽毛盖一所房子的屋顶。一侧盖好后,他们跑去找更多的羽毛。等他们回来时,屋顶上不见一根羽毛。科马克盯着他们看了一会儿,然后继续赶路。

接着,他看见一个年轻人在拔树,想生个火,但还没等他找到下一棵树,前一棵就烧完了。科马克觉得,这年轻人这么干,活永远也干不完的。

科马克又继续向前走。走到平原边上,看见三口巨大的水井,每口井上都有一颗人头。第一颗人头上,有两股清泉从口中流出;第二颗人头上只有一股清泉从口中流出,另一股清泉又流入口中;而第三颗人头上则有三股清泉从口中流出。科马克惊奇不已,他说:"我得留下看看这些井,因为没人能告诉我这些故事。"说完,他向前走去,走到农田中央的一座屋前。他走进去,向里面的人打招呼。里面坐着一对高个子夫妇,身着色彩斑斓的衣服,他们向科马克问好,欢迎他留下过夜。

妇人让丈夫去找食物。男的起身去了,回来时手中拿着一截伐木,肩上扛着一头硕大的野猪。他把野猪和伐木往地上一扔,说:"肉来了,你自己烤吧。"

"怎么烤?"科马克问道。

"我教你,"这年轻人说,"把这木头劈开,劈成四块,将猪肉也分成四块;每块下面放一块木头,讲完一个真实的故事,肉就烤好了。"

"那你先讲一个吧。"科马克说。

"我有七头这样的猪,我能用它们喂饱世上所有的人。杀掉一头后,我只需把骨头放回猪栏,第二天早上它就又会活过来。"

这故事是真的,于是那头猪的四分之一便烤好了。

科马克恳求妇人也讲一个。

"我有七头白牛,每天它们挤出的牛奶都能装满七口大锅。我担保,要是世上所有的人都来平原喝牛奶的话,七头白牛挤的奶能让每个人都喝得饱饱的。"这故事也是真的,那头猪的又一个四分之一烤好了。

这时,夫妻俩要科马克也讲个故事。科马克讲,他在寻找妻子、儿女,一年前他们被一个有仙枝的青年带走了。

"如果你说的是真的，"男主人说，"那你就真的是百战之王康恩之孙，阿尔卡之子科马克了。"

"我就是科马克。"科马克回答说。

他讲的故事是真的，猪的四分之一烤好了。

"现在吃饭吧。"男主人说。

科马克说："我以前从来没有只跟两个人一起吃饭。"

"那再来三个人你吃不吃呢？"

"如果他们是和我亲近的人，我就吃。"科马克解释说。

门开了，科马克的妻子、儿女走了进来。科马克又惊又喜，欣喜若狂。

接着，仙境马队之王，马纳楠·马克·里尔以真实身份出现在科马克的眼前。他说："科马克，是我从你身边带走了他们三个人，是我给了你仙枝，这么做都是为了让你来这里。现在吃饭吧。"

科马克说："今天我目睹了许多奇观，要是能搞清楚它们的含义，我现在就吃饭。"科马克说。

"那我就告诉你吧。"马纳楠说，"用羽毛盖屋顶的牧马人，就像是那些闯荡世界、追逐金钱财富的人。他们回到家，屋里空空如也，只好再出去寻找。那个拔树生火的年轻人，就像那些为别人劳作的人。这种人忙忙碌碌，但自己从没在火边取过暖。井上的三颗头则代表三种人：第一种人得到了才给予；第二种人得到的不多，却从不吝啬；第三种人得到的很多，却吝啬入骨，这类人最坏，科马克。"

科马克和妻子、儿女坐下来，面前铺好了一块桌布。

"你们眼前放着的可是一件珍宝,"马纳楠说,"不管什么山珍海味,不用问,就会出现在你们的面前。"

"太好了。"科马克说道。

随后,马纳楠把手伸进腰带里,拿出一只高脚杯,放在手心上。他说:"这只高脚杯有这样一个功能:听到假话时,它会一分为四;听到真话时,就会恢复原样。"

"马纳楠,你这些东西,可都是珍宝啊。"科马克王感叹说。

"都归你了,"马纳楠说,"高脚杯、仙枝和桌布,统统给你。"

接下来,他们开始吃饭,饭菜很香,他们想不出还有什么饭菜比这桌布上的肉、杯中的饮料还要香、还要醇。他们连声致谢,谢谢马纳楠。

吃完饭,主人为他们铺好了床,他们睡得又香又甜。

第二天早上起床时,他们发现自己已经回到了国王的宫殿,身边是桌布、高脚杯和仙枝。

这就是马纳楠仙庭里的科马克故事,是他如何得到仙枝的经过。

杨畅 译　张群 校

译 后 记

《爱尔兰童话故事集》是本经过精心挑选的童话故事，故事生动有趣，情节曲折动人，主题深刻隽永，语言优美流畅，读起来便不忍放下。这些故事之所以有这般魅力，与译者认真、不懈的努力有很大关系。该书的译者除了张群为上海外国语大学英语学院教授以外，其他均是在读的、张群教授的上海外国语大学英语学院翻译系大三和大四的本科生。其中朱梦晨、杨畅、邱雪琛是三年级学生，王琛頔、张蒙、崔硕、陈亦霄、徐婉是四年级学生。他们都是班级中优秀的学生，喜爱文学，喜爱翻译，具有较好的中英文语言基础，又有一定的翻译实践基础，在张群老师的帮助、指导下完成了这部童话故事集的翻译，呈献给广大的读者，让大家再一次领略到童话王国爱尔兰童话的魅力，同时也让读者见证了上海外国语大学英语学院翻译专业本科生的翻译水平。

诚然，毕竟译者还是在校学生，译者兼校对者张群水平有限，译文一定存在许多不足，敬请广大读者批评指正。

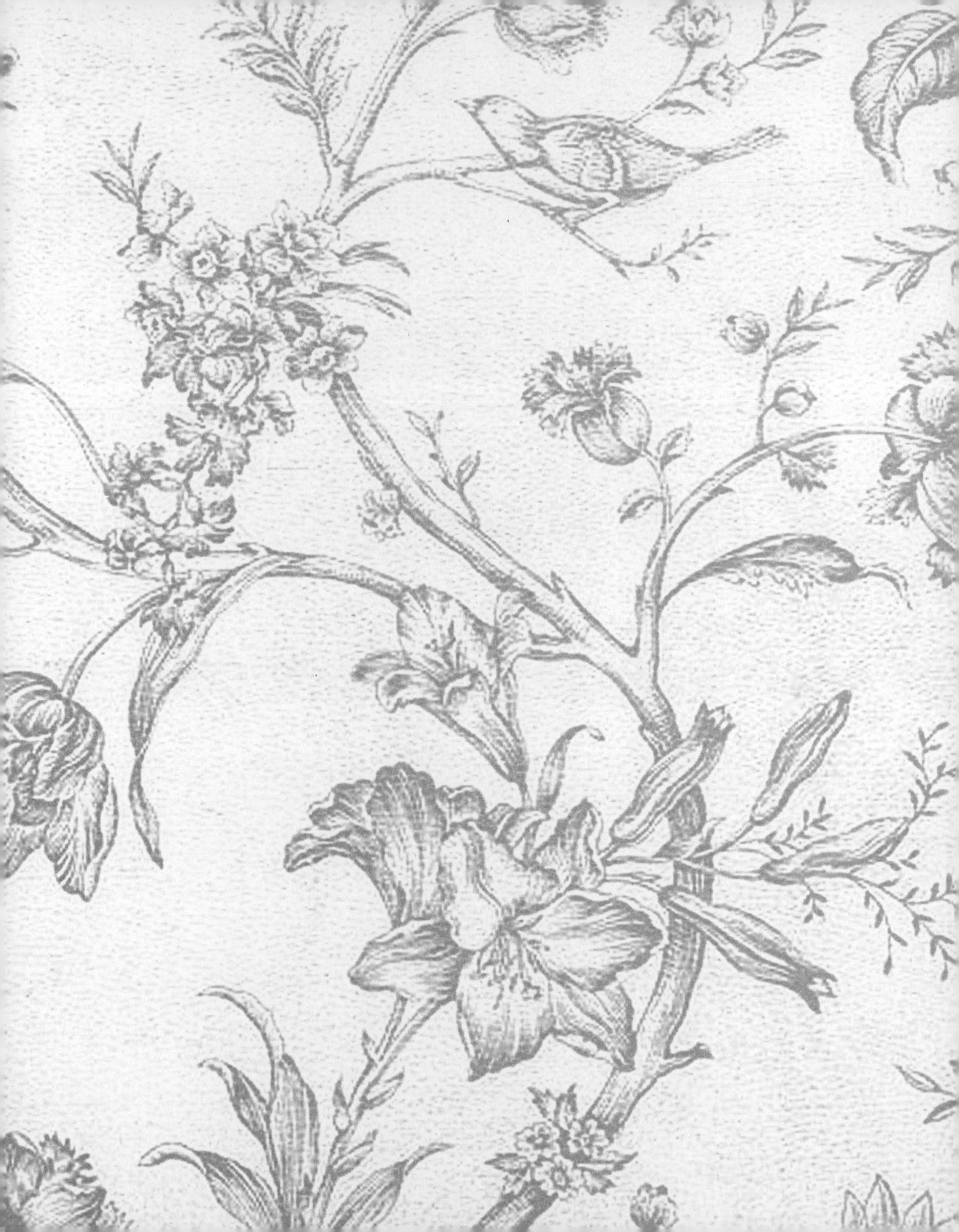